나는 지체장애인, 뜨겁게 사랑하련다!

나는 지체장애인, 뜨겁게 사랑하련다!

초판 1쇄 발행 2024년 04월 10일

지은이 이종섭
펴낸이 장현수
펴낸곳 메이킹북스
출판등록 제 2019-000010호

디자인 최미영
편집 최미영
교정 강인영
마케팅 김소형

주소 서울특별시 구로구 경인로 661, 핀포인트타워 912-914호
전화 02-2135-5086
팩스 02-2135-5087
이메일 making_books@naver.com
홈페이지 www.makingbooks.co.kr

ISBN 979-11-6791-520-7(03810)
값 16,800원

ⓒ 이종섭 2024 Printed in Korea

잘못된 책은 구입하신 곳에서 바꾸어 드립니다.
이 책의 전부 또는 일부 내용을 재사용하려면 사전에 저작권자와 펴낸곳의 동의를 받아야 합니다.

홈페이지 바로가기

메이킹북스는 저자님의 소중한 투고 원고를 기다립니다.
출간에 대한 관심이 있으신 분은 making_books@naver.com으로 보내 주세요.

눈물 없이는 볼 수 없는 이야기!

나는 지체장애인, 뜨겁게 사랑하련다!

이종섭 지음

메이킹북스

"하늘이 우리에게 장애를 주었고 나를 죽일 수는 있어도, 우리들 사랑의 의지는 결코 꺾을 수 없어요. 이 뜨거운 가슴…."

大韓民國憲法

第10條 모든 國民은 人間으로서의 尊嚴과 價値를 가지며, 幸福을 追求할 權利를 가진다. 國家는 개인이 가지는 不可侵의 基本的 人權을 확인하고 이를 보장할 義務를 진다.

차 례

제1부. 슬픈 인간들

1. 이상한 시신   10
2. 간질의 전조 증상   17
3. 법이라고 하는 것   24
4. 그리움이 변하면   32
5. 춤추는 상상의 밤   40
6. 똑같은 마음, 똑같은 육체   46

제2부. 선녀가 인간으로

7. 빌어먹을 세상   54
8. 눈치 보는 아이들   64
9. 첫 외출, 32년 만의 데이트   70
10. 리비도, 나는 여자입니다.   80

제3부. 천형(天刑)

11. 흔들리는 여심　　　　　　　　90
12. 저 높은 곳을 향하여　　　　　100
13. 이상한 저수지　　　　　　　107
14. 집요한 운명　　　　　　　　115
15. 이유 없는 천형　　　　　　　124
16. 죽음의 저수지　　　　　　　131
17. 발견된 시신　　　　　　　　141

부록　　　　　　　　　　　　145

제1부

눈물 없이는 볼 수 없는 이야기!

슬픈 인간들

1. 이상한 시신

시신이 발견된 곳은 마을 이장 댁이 세를 놓은 주방이 딸린 방이었다. 시신은 30대 초반의 젊고 왜소한 여자였으며 심하게 부패하고 있는 상태였다. 집 안에서는 시체 썩는 역겨운 냄새가 진동하였다. 누구를 원망이라도 하듯 살며시 눈을 뜨고 있는 상태였으며, 코, 입, 귀 등 구멍이 있는 곳마다 구더기 같은 하얀 벌레들이 움찔움찔 자리를 다투고 있었다. 그들은 썩어가는 고기와 말라가고 있는 액체 분비물을 해치우느라 여념이 없었다. 살점을 나르는 개미 떼의 열차 행렬도 여러 갈래로 길게 이어지고 있었다. 아직까지도 난방이 가동되고 있어 후끈거리는 집 안은 마치 귀신이라도 나올 것만 같은 을씨년스런 분위기를 풍기고 있었다. 윙윙거리는 찬바람이 분위기에 어울리게 집 주위를 쉴 새 없이 휩싸고 돌았다.

마을 이장 노 씨의 댁은 야산 앞에 위치하였다. 경기도 용인시 이동면 어비리에 있는 어비저수지 둑 앞의 왼쪽에 위치한 이 마을은 당머루라고 불리기도 하는 마을이었다. 집의 방향은 원래 'ㄱ' 자 형태로 지어져 있었지만 언제인가 방 한 칸과 주방 그리고 보일러실 겸 화장실과 창고로 쓰는 다용도실을 뒤쪽으로 붙여 증축한 다음 세를 놓은 것이었다. 따라서 이 증축된 부분은 앞쪽에서는 출입할 수 없고 뒤쪽으로 돌아 들어가도록 되어 있었다. 그러한 이유 때문인지 주인집과 셋집 사이에는 왕래가 거의 없는 실정이었다.

시신의 옆에는 폴더가 열린 핸드폰과 부엌칼, 그리고 몸부림치다가 함께 쓰러진 것으로 추정되는 휠체어가 옆으로 벌러덩 드러누워 있었다. 여자는 임신복으로 보이는 폭이 넓은 원피스를 입고 있었다. 그 안에 입은 팬티는 칼날 같은 것에 의해 찢어진 상태였으며, 허벅지의 살도 깊게 베어져 있었다. 몸에서 흘러나온 것으로 보이는 혈액이 팬티와 원피스뿐만 아니라 땅바닥과 휠체어에까지도 묻어 말라 버린 상태였다.

신고를 받고 달려온 형사들 중 일부는 일반인들의 출입을 금지하는 폴리스 라인 접근 금지 표식을 설치하였고 일부는 이곳저곳을 살피며 여러 가지의 상태를 수색하고 있었다. 흔적을 살펴 샘플을 채취하고 시체의 상태를 점검하였으나 자살 흔적은 어디에서도 발견되지 않았다. 다만 허벅지의 칼자국에 의한 과다 출혈이 예상되었으며, 시체의 부패 상태로 미루어 보건데 사망한 지 약 보름 정도 지난 것으로 짐작할 수 있는 상태였다.

"하 형사님. 이 여성은 아기를 낳는 도중 사망한 것 같습니다. 근데 사망 원인은 과다 출혈이 아닐까요? 허벅지의 상처가 무척 깊거든요."

김 형사가 말했다. 자세히 들여다보니 정맥이 끊어질 정도로 상처가 깊고 컸다. 망자의 오른팔도 심하게 뒤틀려 있었다. 가느다란 양 다리 사이의 원피스를 걷어내자 피에 엉겨 붙어 썩어가는 태아의 머리와 몸통이 드러났다.

아마도 태어나다 죽은 것으로 보였다. 다리는 아직 완전히 빠져나오지 못한 상태였으며, 탯줄마저도 배 속에서 빠져나올 당시 그대로 붙어 있는 상태였다.

"그렇군, 칼자국이 의심스러워. 아이를 낳다가 누구에겐가 살해된 것인지도 모르지. 좀 더 수사를 해 보면 결과가 나오겠지만, 근데 허벅지를 찔러 살해했다? 뭔가 조금 수상하지 않나?"

"아, 오른쪽 블라우스도 찢어졌는데요? 여기 보세요, 가슴. 블라우스의 피는 가슴 상처에서 난 핍니다."

"그렇군. 가슴팍에도 칼자국이 났군. 맞아, 가슴도 찌른 거야. 부패돼서 얼마나 깊은 상천지는 알 수 없지만…."

수색이 완료되자 시신과 여러 증거물들을 수거하여 어디론가 실어갔다. 다음 현장을 신고하였다는 집주인 노 씨에게 하 형사가 다가가 물었다.

"이 사람 이름이 뭐죠?"
"이름은 몰르지유. 아, 저번에 누가 찾아왔었는 디, 류 뭐시, 응… 참 '류아영'을 찾았구먼유. 자세힌 몰러두 말이유."
"시체를 발견한 때가 언제였습니까?"
"점심 먹고 난 후였시유. 오늘따라 냄새가 너무 지독하길래 다가가 들여다보았지유."
"그래서요?"
"문을 열어 볼라구 하니께 안에서 잠겨 열 수 없었시유. 그래서 뒤쪽 창문을 열고 들여다보니께 시체가…. 욱~, 욱~, 아이구 생각만 해두 메시꺼워…."
"그럼 범인이 창문으로…? 사람이 죽은 지 꽤 오래 되었는데 왜 여태껏 눈치를 못 챘죠?"
"한참 전부터 이상한 냄새가 났었지유, 어딘지는 몰러두…. 이 집은 사람들이 잘 댕기지 않는 곳이거덩유."
"…."
"근데 어제 때 아닌 겨울비가 오고 나서부터 냄새가 유난히 지독했지유. 그래서 오늘 이곳저곳 찾다가 여기라는 걸 알았시유."

하 형사는 이장의 말을 수첩에 꼼꼼히 적어가면서 질문을 계속하였다.

"언제 이 집에 이사 왔나요?"
"한 서너 달 되었지유, 아마?"
"식구는 없어요?"
"남자 한 사람 있었시유. 부부 같은디, 그니께 남편 같아유."
"이름은?"
"최 씨유. '최진호' 씨. 그분하고 방 계약했으니께."
"그 사람 직업은 뭐죠?"
"아마 가스 배달한다지유? 자세힌 몰러두…."
"어느 회사죠?"
"'하나가스'래유, 우리 집두 거기 가스를 써유. 여기 전화번호도 있네유."
"최진호 씨는 전화번호 몰라요? 핸드폰 번호라도…."
"참, 핸드폰은 알지유. 010-xxxx-yyyy."

하 형사는 잠시 말을 멈추고는 이장이 가르쳐준 번호로 핸드폰을 걸었다. 하지만 수화기에서 들려오는 음성은 "전원이 꺼져 있습니다."라는 메시지뿐이었다. 다시 하 형사는 하나가스에 전화를 걸었다.

"하나가스 사장님이십니까?"

"네, 그렇습니다."

"용인경찰서 하 형삽니다. 죄송하지만 물어볼 말이 있는데 방문 좀 해도 되겠습니까?"

"지금 오시지요. 사무실에서 기다리겠습니다."

하 형사와 김 형사는 즉시 안성시 양성면 장서리의 하나가스 사무실로 달려갔다. 그리 멀지 않은 곳이었으므로 금방 도착하였다.

"안녕하십니까? 하 형삽니다. 이쪽은 김 형사구요."

"아 네, 하나가스 사장 김영준입니다. 무슨 일로…?"

"혹시 최진호 씨라고 아시는지요?"

"네 압니다. 여기 직원이었습니다."

"지금 있나요?"

"지금은 없습니다. 왜 그러시죠?"

"아, 그게…. 그분의 부인 되시는 류아영 씨가 사망했습니다."

"네, 네? 아니…. 그… 그럴 리가요. 왜요?"

"지금 수사하고 있는 중입니다. 그래서 그 부부 두 분에 대해서 알아볼 것이 있어 찾아왔습니다. 아시는 대로 말씀해 주시겠습니까?"

사장 김영준은 너무나 놀란 나머지 담배를 하나 꺼내 물었다. 길게 한 모금 빨아드린 다음 심각한 표정으로 다시 뿜어내었다. 그리고 한참을 머뭇거리다가는 천천히 입을 열기 시작하였다.

"그 여인은 중증 전신지체장애자였는데, 아마 1, 2급 정도 되었을 겁니다. 참 착한 여자였는데…. 그리고 최진호는…."

2. 간질의 전조 증상

밤부터 내리던 눈은 새벽이 되자 함박눈으로 변하였다. 최진호가 출근하기 위하여 일어날 즈음에는 마치 세상의 모든 비밀을 감추어 버린 것처럼 집이며 도로 등이 온통 하얀 눈으로 뒤덮여 있었다. 그렇다고 일을 쉴 수도 없었다. 이런 날일수록 LPG 가스 배달 요청은 더욱 많아지기 때문이었다.

진호는 자신의 직장인 안성시 양성면 장서리에 위치한 '하나가스'라는 상호의 프로판 가스 판매상 사무실로 나가 가스통을 싣고 배달을 시작하였다. 길이 미끄러운 덕에 평소보다 꽤나 많은 시간이 걸렸다. 아침 배달이 끝날 즈음엔 10시가 지나서였다. 마지막 배달처는 평택의 KR 사회복지원이었다.

이날은 날씨마저 몹시 추웠다. 실장갑을 낀 채 50kg 용량의 가스통을 교체하고 난 다음 현관문을 열고 실내로 들어갔다. 이어 돈을 받고 돌아가려는데 휠체어를 탄 아가씨 류아영이 다가오며 진호를 불렀다.

"오빠, 커피 한 잔 타 드릴게요. 드시고 가요."
"그럴까?"

눈이 내려서 그런지 오늘따라 아영이의 목소리는 더욱 낭랑하게 들렸다. 자주 만나는 것은 아니지만 올 때마다 커피를 타 주는 덕에 친해졌고 그러다 보니 그녀는 진호한테 오빠라고 불렀다. 동생이 없는 진호 또한 아영이가 오빠라고 부르는 데 있어 조금도 싫지가 않았다.

그러나 진호는 가끔이기는 하지만 아영이를 동생이라기보다 여성으로 볼 때가 있었다. 하반신을 못 쓰는 중증 장애인인 그녀는 겉으로 보기에도 무척 가냘프고 왜소하며 여성의 심벌인 가슴의 발육 상태까지도 형편없어 보였다. 뇌성마비 증세가 있는지 팔과 손의 놀림도 약간 부자연스러웠다. 하지만, 가느다란 목소리며 상냥하기만 한 미소 등은 여성스러움을 느끼기에 충분하였다. 지극히 여성스러운 하반신 마비의 중증 지체장애인이라는 사실은 여자이면서도 여성으로서 사랑을 나눌 수 없는 선녀(仙女)와 다름없었다. 그러다 보니 그는 가끔씩 신을 원망하는 투로 혼자 투덜거리기도 하였다.

'신은 어쩌자고 저렇게 착한 여성을 선녀(仙女)로 만들었단 말인가?'

그러나 이런 진호의 마음은 그녀가 단순히 착한 여성으로 보였다거나 장애를 동정하고자 하는 뜻이 아니었다. 자신도 모르게 아내에게 업신여김을 당하거나 아내와 말다툼을 할 때마다 두 사람의 인간성이 비교가 되기 때문이었다.

진호의 아내 이종숙은 성남시에 위치한 노래방에서 노래 도우미로 일하던 시절 만나 사귀다가 아들을 하나 임신하는 바람에 결혼하게 된 여자였다. 직업이 그러했던 만큼 노래 솜씨가 보통이 아니었으며 미모 또한 남에게 뒤떨어지지 않는 여자였다. 게다가 생활력도 무척 강했으며 재산에 대한 욕심도 많았다.

두 사람은 결혼을 했을 당시 진호가 모아 놓았던 5천만 원을 자본으로 치킨 가게를 차려 운영했었다. 아내가 조금 사치한 편이었지만 진호는 무척 성실한 성격이었으므로 몇 년 동안 열심히 노력한 끝에 상당한 자금을 모아 아파트도 마련하였다. 처갓집에서 집을 산다고 할 때에는 수천만 원의 목돈까지 지원해 주는 등 여유도 부렸고 딸 하나를 더 낳아 기르니 가정도 화목한 듯하였다.

그러나 두 번째로 낳은 딸의 첫 돌이 지날 무렵 문제가 발생하기 시작하였다. 군대를 제대하고 나서 처음 발병했던 간질이 오랜만에 다시 재발한 것이었다. 그로부터 2년 후 또다시 발병했을 때까지만 해도 아내는 눈치를 채지 못했다. 집에 아무도 없을 때에만 경련을 일으켰기 때문이었다. 그러나 그 다음에는 1년이 조금 지나서 발병을 했는데 장소가 하필 가게 안이었다. 가게 문을 닫기 직전 설거지하고 있던 아내 옆에서 거품을 입에 물고 쓰러져 약 2분간 실신하였던 것이다.

충격을 받은 아내는 이때부터 남편 진호를 대하는 태도가 달라지기 시작하였다. 부부 관계도 기피하기 시작하였고 남편을 대하는 말투도 거칠어졌으며 처녀 때처럼 끊었던 담배도 다시 피우기 시작하였다. 나중에는 가게에도 나오지 못하게 하였다. 따라서 이때부터 아내는 혼자서 가게를 운영하고 남편은 총각 때 하였던 가스 배달을 다시 시작하게 된 것이었다.

진호의 증세는 갈수록 점점 더 심해지는 듯했다. 경련의 주기가 짧아지게 된 것이었다. 아주 빠를 경우는 한 달 정도, 보통은 두 달에 한 번 정도 경련을 일으키곤 하였다. 의사가 처방해 주는 약을 먹어도 아무런 소용이 없었다.

그런데 언제부터인가 진호는 이상한 증상을 느끼기 시작하였다. 경련이 오기 며칠 전부터 가끔씩 이유 없이 얼굴이 달아오르는 등 긴장이 되는 것이었다. 특히 어떤 유혹에 직면하게 되면 강한 호기심을 느끼게 되는 경우도 있었다.

그날도 가스를 배달하던 중이었다. 사무실에서 2km정도 떨어진 안성시 양성면 노곡리 어느 농가에서 20kg들이 가스통을 교체한 다음 집주인 할머니께서 돈을 꺼내는 것을 우연히 목격하였다. 돈을 책상 서랍에서 꺼내는데 상당한 돈뭉치가 있는 것이 보였다.

침을 칠한 손가락으로 뭉칫돈에서 낱장의 돈을 꺼내 주었는데, 그 방은 살림방이 아니라 창고였다. 살림방은 그 옆방이라는 사실을 진호는 옛날부터 이미 알고 있었다.

돈을 받아 사무실로 들어와 그날의 수금 결과를 정산한 다음 집으로 돌아오는데 자꾸만 그 서랍이 머릿속에 떠올랐다.

'아냐, 그러면 안 되지.'

하고 생각하면서도 자신도 모르게 자동차는 그쪽으로 향하고 있었다. 날은 이미 칠흑같이 어두워졌다. 간헐적으로 불어대는 찬바람에 긴장의 강도는 점점 더해만 갔다. 머릿속에는 더 이상 아무 것도 생각이 나지 않았다. 문제의 농가에 다다르기 전 마을 입구의 도로 한쪽에 차를 세웠다. 핸드폰 전원을 끄고 주위를 살폈다. 목표 주택까지는 약 100여 미터, 아무도 지나가는 사람이 없다는 것이 확인되었다. 실장갑을 낀 채 모자를 푹 눌러쓰고는 차에서 내려 빠른 걸음으로 다가갔다. 집 앞 전신주 뒤에 숨어서 보니 살림방의 불이 켜져 있어 인기척이 있는 듯하였다. 하지만 이 집에는 노인 두 부부만이 살고 있다는 것을 진호는 알고 있었다.

진호는 조심스레 서랍이 있는 방문을 열고 안으로 들어가는 데 성공하였다. 그런데 이게 웬일인가? 서랍을 열어 보니 돈뭉치는 온데간데없고 천 원짜리 20여 장 정도만 남아 있었다. 당황한 나머지 우선 돈을 주머니에 넣은 다음, 다른 서랍을 두, 세 개를 연거푸 열어보았지만 아무 것도 없었다. 하는 수 없이 어둠 속에서 더듬거리며 나오려는 찰라, 쌓여 있던 비료더미 위에서 연장 하나가 덜커덩 하고 떨어졌다. 안방에 있던 영감이 문을 열고 소리쳤다.

"누구여?"

그러면서 밖으로 걸어 나오려 하자, 진호는 다급한 나머지 방을 빠져나와 뛰기 시작하였다.

"도, 도둑이야!"

놀란 영감이 소리를 질렀다. 진호는 집 뒤쪽으로 돌아 뛰었다. 그러나 그곳은 다른 이웃집 마당이었다. 그리고 마당 한쪽에는 개장이 있었다. 그 개장에 묶여 있던, 자신보다도 더 도둑같이 생긴 검은 개 한 마리가 짖을 새도 없이 으르렁 하며 달려들어 허벅지를 냅다 물었다.

"어이쿠!"

진호는 넘어졌다. 그리고 땅바닥에서 한 바퀴 떼굴 굴렀다. 개도 함께 굴렀다. 순간 개가 물었던 허벅지를 놓쳤다. 그러자 진호는 다시 뛰려고 일어섰다. 하지만 두 발걸음도 못 가서 다시 넘어지고 말

앉다. 아프기도 아팠지만 개가 다시 종아리 부근 바지 자락을 물고 늘어졌기 때문이었다.

이때 그 집 식구들이 몰려 나왔다. 50대의 남자가 달려들어 오른손으로 진호의 목덜미를 움켜쥐고는 왼손으로 따귀를 한 차례 후려 갈겼다. 모자가 벗겨지고 코에서 피가 쏟아졌다. 이때 그 남자의 부인쯤 되는 여자는 어디엔가 전화를 걸었다. 아마도 경찰에 도둑 신고를 하는 것 같았다. 소리쳤던 영감도 쫓아왔다. 안면이 있음을 확인한 사람들은 피 흘리는 진호의 얼굴과 다리를 보고는 그만 때리라고 말려 주었다. 이어 한참 후 경찰 C-3 순찰차가 달려와 진호를 데려가 유치장에 수감시켰다. 다음 날 구속 영장이 발부되었고 그로부터 5일 후 검찰청으로 송치되었다.

3. 법이라고 하는 것

"이름은?"

검찰 조사관이 물었다. 진호는 얼굴이 몹시 창백해 있었다.

"편하게 대답해요. 알았어요?"
"최진호입니다."
"나이는?"
"만 사십 세입니다."
"전화번호는?"
"네?"
"전화번호! 핸드폰 없어요?"

"…."

"이봐, 최진호! 안 들려?"

그러나 진호의 눈동자는 이미 풀려 있었다. 바야흐로 전조 증상이 끝나고 경련이 시작된 것이었다. 이를 알지 못하는 조사관은 큰소리로 물었지만 이미 의식을 잃고 있었다. 조사관의 큰소리가 떨어지는 순간, 진호는 책상을 걷어차고 옆으로 굴러 넘어졌다. 가슴에 양쪽 손을 힘주어 모으고는 쥐약을 먹고 바둥거리는 사람처럼 부르르 떨기 시작하였다. 입에서는 거품을 뿜어내며 뿌드득뿌드득 이를 갈았다.

기겁을 한 여러 조사관과 검사가 달려와 진호의 팔을 잡아 흔들어 보았다. 그러나 온몸은 엄청난 힘에 의해 부서질 정도로 강력하게 굳어져 있었다.

"머리를 옆으로 뉘어요."

한 여성 수사관이 말했다.

"혀가 목으로 밀리면 기도가 막혀 위험해요. 그렇다고 입에 손을 넣으면 손가락이 잘려요. 그냥 가만히 있으면 곧 깨어날 거예요."

그녀는 이런 증상에 대하여 상당한 경험과 지식이 있는 듯하였다. 그녀의 말대로 약 2분 후 깨어났다. 본인은 영문을 모르는 듯하였다. 다만 의식을 잃었었다는 사실만은 짐작하고 있을 뿐이었다. 천천히 일어나며 쑥스러운 듯 흘린 침을 손으로 닦아 내었다.

이후 진호는 구속 적부심을 신청하지 않았으므로 구속은 계속 유지되었고 조사도 조심스럽게 계속 진행되었다. 정상 컨디션으로 돌아온 진호는 혐의를 대부분 순순히 인정하였다. 그렇게 며칠이 지나고 재판 날짜를 기다리는데 한 통의 소장이 배달되었다. 바로 아내가 청구한 이혼 청구 소송의 소장이었다.

소장에서 아내는 이혼을 요구하면서 아이들을 자신이 데려가 키우겠다고 하였다. 그러면서 전 재산의 4분지 3을 자신의 몫으로 달라고 청구하였다. 부부의 재산 형성의 기여도에 있어 자신이 남편보다 크다는 것이었다. 일시불로 계산한 아이들의 양육비와 위자료를 포함한 금액이라고 주장하였다.

재판이 시작되자 판사는 당사자의 이혼 의사를 확인한 다음 재산 분배에 대한 조정을 권고하였다. 권고 내용은 '총 재산을 2억 4천만 원으로 하여 원고가 소장에서 청구한 대로 4분지 1인 6천만 원을 진호의 몫으로 하고 자녀 양육은 아내가 한다.'라는 것이었다.

진호는 조정안이 부당하다고 주장하였다. 피고(최진호) 자신은 혼인 파탄의 원인을 제공하지 않았으므로 이혼을 원하는 원고(아내)가 피고에게 위자료를 지불해야 한다고 주장하였다. 또 결혼 당시 자산은 모두 피고 자신의 것뿐이었고 자산의 평가도 2억 4천만 원은 실제의 반밖에 되지 않는 것이며, 그동안 처갓집에 지원한 금액만도 5천만 원이 넘는다고 주장하였다.

뿐만 아니라 아이들도 아버지로서 충분히 양육할 수 있다고 주장하였다. 자신이 독자로서 아이들은 집안의 대를 이어야 마땅하므로 아버지와 함께 생활하며 자라야 할 뿐 아니라, 장애인도 아이를 키울 권리가 있는바 장애인도 아닌 지병이 있다는 이유로 자녀 양육이 허용되지 않는다면 이는 차별이라고 주장하였다. 자신은 평소 아이들은 무척 사랑했으며 아이들도 아빠를 무척 따랐다는 사실 또한 추가하였다.

그러나 원고 측 변호사의 주장은 억지스러울 정도로 강경하였다. 장사는 함께 했지만 아이들 육아와 살림살이까지 원고가 했으므로 원고의 기여도가 훨씬 크다고 주장하였다. 게다가 간질이 있으면서도 병력을 속인 채 결혼하였을 뿐만 아니라 절도까지 저질러 혼인 생활을 함께할 수 있는 처지가 아니므로 혼인 파탄의 원인은 애초부터 피고에게 있는 것이라고 주장하였다. 이에 판사까지 여성의 의사를 가급적 참고하는 것이 현 시대의 재판 경향이므로 조정 권고를 따르지 않고 재판에 의할 경우 더욱 불리할 수도 있다고 압력을 가하였다.

진호는 앞이 캄캄하였고 자신의 질병이 원망스러웠다. 자신이 구속만 되지 않았더라도 동분서주 자문도 구하고 자료도 만들어 변호사를 선임하여 싸울 수도 있었으련만 구속된 몸이라 손에 쥔 돈도 없고 활동도 할 수 없어 모든 것이 불리할 수밖에 없었다. 더더군다나 생각지도 않았던 간질이 혼인 파탄의 원인이 된다는 사실은 충격일 수밖에 없었다. 치료도 되지 않는 것을 어쩌란 말인가? 그렇다면 간질 환자는 결혼도 할 수 없고 자식도 낳을 수 없는 몹쓸 인간에 불과하다는 말인가?

기가 막혔지만 어쩔 수 없었다. 재산을 다 포기 하더라도 아이들만큼은 자신이 키우겠다고 사정을 해 보았으나 그마저도 허사였다. 진호는 될 대로 되라는 심정으로 자포자기하며 조정 판사의 권고를 받아들이고 말았다.

이혼 재판이 끝나고 나니 진호는 아이들과 아영이가 더욱 보고 싶고 그리워졌다. 아내와 비교해 볼 때 분명 인간은 여러 종류가 있다는 생각이 들었다. 아내를 생각하면 마치 행복은 돈과 함께하는 것만 같았다. 그동안 함께 살아오면서 돈에 따라 울고 웃는 것이 한두 번이 아니었다.

그러나 아영이를 생각할 때 그녀는 전혀 다른 것 같았다. 그녀는 돈을 벌지도 않으며 가진 것도 없어 보였다. 따라서 그녀가 지금까지 자신에게 줄 수 있었던 것은 아마도 커피 한 잔이 전부였는지도 모른다. 하지만 진호는 그것을 결코 작은 선물이라고 생각해 본 적이 없었다. 그녀의 커피에는 항상 그녀의 상냥한 미소가 따랐으며 커피의 따듯한 온기는 그녀의 따뜻한 마음이 녹아 있는 듯하였기 때문이었다. 그것이 자신에게는 신혼 시절 아내가 자신에게 해 주던 보약보다도 몇 곱절 가치 있는 보약이었다. 아내가 해 주던 보약은 어찌 보면 아내 자신을 위한 보약이었는지도 모른다. 아내는 잠자리에 불만을 가질 때마다 보약을 해 주었기 때문이었다.

겉으로 보기에 아영이는 결혼하여 아이를 낳을 수 없어 보이는 하반신 마비의 여자였다. 따라서 그녀는 남자를 육체적으로 사랑할 수는 없을 것만 같았다. 만약 보통의 여성이 그러하였다면 자신의 처지를 비관하여 삶의 의욕을 잃거나 자살을 시도했을지도 모를 일이었다. 하지만 서른이 넘은 그녀의 표정 어디에서도 그런 느낌은 받을 수 없었다. 그러기는커녕 우울한 내색조차 한 번도 표하지 않았다. 그녀의 표정은 항상 맑았으며 눈동자는 초롱초롱 빛났다. 실제로 그녀는 선녀(仙女) 같았다.

이런저런 생각을 하며 구치소에서 생활하는 동안 절도 사건에 대한 형사 재판도 이어졌다. 재판정에 출정하는 날에는 포승줄로 온통 팔과 몸을 묶인 채 이동하였다. 재판정에 올라설 때에만 포박을 풀어주었으나 사람들이 바라보는 가운데 죄수복을 입고 서 있는다는 것은 참으로 죽을 맛이었다. 따라서 진호는 항상 고개를 방청석과 반대쪽으로 돌리려고 노력하였으며 항상 고개를 숙였다.

"서랍을 뒤져 2만 4천 원을 훔쳤다는 공소 사실을 인정하나요?"

검사가 심문하며 물었다.

"네."

진호가 대답하였다. 이번에는 재판장이 물었다.

"언제부터 계획하였나요?"
"계획한 것은 아닙니다. 저도 모르게 그만…."
"그럼, 충동적이었다는 말인가요?"
"네."
"피고는 직업이 있지요? 수입이 어느 정도인가요?"
"가스 배달입니다. 월 250만 원 정도 법니다."
"피고는 직업도 있고 부인이 가게를 경영하며 아파트 등 재산도 꽤 있는데 무엇 때문에 절도를 했나요?"
"제 자신도 잘 모르겠습니다."
"습관적이라는 뜻인가요?"
"아닙니다. 그러니까 그게…."

그러나 진호는 더 이상 말을 하지 못했다. 간질 경련이 오기 전에는 무언가 긴장이 되거나 충동적으로 행동하게 된다는 사실을 설명하기도 어려웠을 뿐 아니라 간질이라는 말 자체를 꺼내기가 싫었다. 차라리 징역을 몇 달 더 사는 한이 있더라도 그 병에 대한 것만큼은 이야기하고 싶지가 않았다. 너무나 자존심 상하는 창피스런 병이라고 생각되었기 때문이었다.

그러나 검사는 알고 있었고 수사 기록에도 적혀 있었으므로 판사는 진호가 간질 환자라는 사실을 이미 알고 있는 상태였다. 판사는 진호가 초범인데다가 수형 생활을 하기에 적절치 않음을 감안하여야 한다고 생각하고 있었다.

4. 그리움이 변하면

음악과 시(詩)를 좋아하는 아영이는 귀에 이어폰을 꽂고 옛날 영화 주제곡인 '부베의 연인'을 듣고 있었다. 음악이 끝나자 혼자서 중얼거렸다.

'누군가를 기다리는 것은 좋은 일이야. 오랫동안 만나지 못하면 슬픈 일이지만 그래도 희망은 있는 거잖아? 세상에 희망보다 좋은 것은 없어.'

그렇게 기다리니 정말 가스 배달 차량이 달려왔다. 반가운 마음에 커피를 타고 기다렸다. 하지만 배달 온 사람은 진호 오빠가 아니라 사장 김영준이었다. '하나가스'에서는 진호가 구속되어 결원이 발생했음에도 배달원을 충원하지 않고 사장 김영준이 그를 대신하였던 것이다.

이를 알지 못하는 아영은 이상하게 생각하기는 하였으나 물어보지는 않았다. 뭔가 두렵도록 불안한 예감을 느끼기에 충분하였지만 너무 예민하게 반응하는 것 같아 참은 것이었다. 몇 년간 한 번도 다른 사람이 배달 온 적이 없었기 때문이었다.

그날 밤 아영은 진호의 모습을 떠올리며 컴퓨터 앞에 앉아 일기를 썼다. 어쩌면 일기라기보다 보낼 수 없는 편지였는지도 모른다.

'진호 오빠, 오늘은 왜 안 보이셨나요?

누구나 그러하듯 사람을 기다리는 것은 슬픈 일이거나 좋은 일 거예요. 하지만 지금 오빠를 기다리는 나의 심정은 왜 이리 두렵기만 한 것인가요? 언제 오빠를 볼 수 있을까요?

나의 몸은 오늘도 점점 굳어져만 가고 있답니다. 그래서 일기도 컴퓨터로만 쓰고 있습니다. 하지만 오빠에게 편지를 쓰게 된다면 아무리 힘들어도 그것은 손으로 쓰고 싶어요. 기다리면 언젠가는 오빠에게 편지를 쓸 때가 오겠지요?

그렇지만 이런 생각은 마음뿐이랍니다. 오빠에게는 아무런 말도 전할 수가 없답니다. 정말로 나는 이런 말조차 오빠에게 전할 수가 없답니다. 용기가 없어요.

하지만 나는 만족해요. 가끔씩이라도 오빠를 볼 수만 있다면 말이에요.

지금 어디서 무슨 생각을 하시는지. 잘 자요, 오빠!'

그런데 며칠 후 다시 가스가 배달되었을 때에도 기사는 역시 오빠가 아닌 김영준 사장이었다. 아영은 불안한 마음을 감추지 못하고 결국 묻고 말았다.

"진호 오빠는 그만뒀나요?"

영준은 아영의 질문을 받고 그녀의 얼굴을 쳐다보았다. 걱정스런 표정이 역력하였다.

"아, 네, 잠시…."

영준은 곤란한 듯 머뭇거리며 대답하였다. 아영은 더욱 궁금해졌다.

"잠시요? 무슨 일이라도 생겼나요?"
"예. 조금 일이 생겼거든요. 한동안은 못 올 거예요."
"못 오다니요? 나쁜 일인가요? 얼마나 있어야 다시 와요?"
"잘 모르죠. 하지만 다시 오면 꼭 들르도록 할게요. 죽지는 않았거든요. 하하…."

사장 영준은 말꼬리를 흐리며 아무것도 아닌 것처럼 웃어넘겼지만, 아영의 마음은 더욱 답답하기만 하였다. 불길하다 못해 걱정이되었다. 이제 아영의 말소리는 질문의 단계를 넘어 사정하기에 이르렀다.

"사장님, 얘기 좀 해 주세요. 병원에 입원이라도 했나요? 그렇다면 제가 면회라도 한 번 다녀오게요, 가르쳐 주세요. 네?"

이제 아영의 말투는 애원이었다. 아영과 친하게 지낸다는 소리를 진호한테 가끔 들었던 터라 난처하게 생각한 영준은 담배를 한 대 꺼내 물었다. 그리고 한 모금 하늘을 향해 뿜어댔다. 잠시 침묵이 흐르는 가운데 허공엔 하얀 연기가 둥근 도넛을 그리다가 천천히 흩어져 갔다. 대답을 기다리는 아영의 모습은 더욱 애처로워 보였다.

"오후에 잠깐 시간 있어요?"

작심한 듯 무거운 침묵을 깨고 영준이 입을 열었다.

"네?"
"오후에 만나러 갈 건데. 같이 갈래요?"

제1부. 슬픈 인간들

기왕 이렇게 된 바에야 마음으로라지만 더욱 가까워지기 전에 모든 것을 솔직하게 알고 지내는 것이 좋을 것이라고 영준은 생각하였다. 갇혀 있는 진호에게도 위로가 될지 모른다는 생각도 들었다.

"정말 만날 수 있어요? 그래요. 같이 가요."
"하지만 조건이 있어요. 놀라지 마시고…. 진호를 이해해 주실 거지요?"
"걱정하지 말아요. 친오빠나 다름없다고 생각하거든요. 준비하고 있을게요."

기뻐하면서도 두려워하는 야릇한 표정의 아영을 보니 정말 진호 말대로 선녀나 다름없는 것 같았다.
아영은 점심을 마치고나서 승용차를 몰고 다시 찾아온 영준과 함께 수원 구치소로 향했다. 둘은 신호등을 만날 때마다 가다 서다를 반복하면서 조심스레 말을 주고받았다.

"사실은 조그마한 실수로 구속되어 있거든요. 하지만 나는 진호를 잘 알아요. 본성이 무척 착한 사람이죠."
"나도 그렇게 생각해요. 헌데 어쩌다가…."
"여자로 말하자면, 거 왜…."
"…."

"매달 한차례씩…. 있잖아요. 어떤 여성은 그 때마다 자기도 모르게 백화점에서 슬쩍…."

"알아요. 신문과 tv에서 봤어요."

"사실은 진호가 가끔 아프거든요. 경련을…. 언젠가는 알게 될 테니까 말씀드리는 겁니다."

"그렇군요. 정말 안됐어요. 글구 세상이 너무 슬퍼요."

"게다가 엎친 데 덮친다고 이혼까지 하게 되었다지 뭡니까? 아이들을 부인이 데려가 키우겠다니 차라리 잘된 건지 모르겠지만…."

백미러를 통해 뒤에 앉아 있는 아영의 모습을 슬쩍 바라다보니 창밖을 내다보는 표정이 초초하리만큼 어둡고 굳어져 있었다.

구치소에 도착하니 하얀 벚꽃이 천지에 휘날리고 있었다. 아영은 벚꽃 축제에 마음 놓고 구경을 다니는 사람들이 부러워졌다. 하지만 자신은 살아갈 수 있는 것만으로도 만족해야 하며, 어떤 경우에도 하늘을 원망해서는 안 된다고 스스로 마음을 달래고 또 달래었다. 지금은 그런 생각을 한다는 것 자체도 적절치 않다고 생각하였다.

영준이가 밀어주는 휠체어를 타고 면회소에 들어서니 실내는 면회 온 구속자의 가족들로 정신없이 붐볐다. 영준은 진호에게 넣어 줄 영치품 몇 가지를 사서 접수시키고는 의자에 앉아 면회 차례를 기다렸다. 면회 차례를 알리는 전광판에는 쉴 새 없이 번호가 바뀌어 갔다. 그럴 때마다 면회객들이 물밀듯이 들어가고 나왔다. 시간이 갈수록 초조하기만 한 마음에 대화도 하지 않고 기다리는데 드디어 전광판에 진호를 면회할 방 번호와 접수 번호가 나타났다. 아영은 '갇혀진 방 안에서 얼마나 갑갑했을까.' 하고 생각하며 걱정스런 마음으로 방문을 열고 들어갔다.

구멍이 송송 뚫린 유리창 앞으로 다가간 아영은 가슴에 번호표를 단 미결수 복장의 진호가 수척해진 초라한 모습으로 의자에 앉아 있는 것을 발견하였다. 순간, 참았던 감정이 일순간에 폭발하며 통곡에 가까운 소리로 흐느끼기 시작하였다. 눈물이 휠체어의 팔걸이 위에 뚝뚝 떨어졌다.

"오빠, 흑흑…."

눈물은 멈출 줄을 몰랐다. 진호도 고개를 떨군 채 말이 없었다. 분위기가 지나치게 숙연하다 보니 진호 옆에 앉아있던 감시관도 머리를 옆으로 돌리고 말았다.
시간이 흘렀다. 얼마나 지났을까, 드디어 진호가 입을 열었다.

"이런 모습 보여줘서 미안해."

아영이가 말을 받았다.

"괜찮아, 오빠. 힘내. 흑흑…."

그리고는 더 이상 아무 말이 없었다. 스피카에서는 면회 시간의 종료를 알리는 멘트가 흘러나왔다. 휠체어를 돌리며 문밖으로 나가면서도 진호를 향한 아영의 고개는 돌아갈 줄을 몰랐다. 진호 또한 아영을 바라보며 힘없이 터덜터덜 걸어 나갔다.

5. 춤추는 상상의 밤

밤이 되고 달이 뜨자 절정을 이룬 창밖의 벚꽃 이파리들이 눈이 부시도록 아름다웠다. 오늘도 어김없이 밤은 깊어가건만 먼 하늘을 바라보는 아영의 마음은 갈수록 수심하기만 하였다.

'어쩌자고 창가에 젖는 달빛마저 이리 밝은 것이냐?'

산들바람이 한차례 나뭇가지를 흔들며 구름의 그림자와 함께 마당을 스쳐갔다. 아영은 스치는 생각이 있어 컴퓨터 앞으로 다가가 전원 스위치를 켰다. 그리고 오늘의 일기 대신 짧막한 몇 마디로 칸을 메워 나아갔다.

'행여, 임이 오는 소리였어라.

창문 너머 조용한 달빛이 흔들리면서
별빛마저 숨죽여
두려움만 남아 있는 깊은 이 밤에
누군가 다정히 다가오는 소리

하늘을 서성거리던 저 달이 기울어
모두가 사라질 때면
빛바랜 추억마저도 나를 외면할 거니

아마도 그것은 바람이었나 보다.'

타자를 치고 나서 이런저런 생각을 하며 한 시간 정도가 지나자 온몸에 피로감이 몰려왔다. 하는 수 없이 책상에서 손을 떼었다. 고개를 천정으로 향하고는 잠을 청하려 눈을 감았다. 그러나 좀처럼 잠은 오지 않았다. 시간을 보니 벌써 새벽 두 시를 지나가고 있었다. 또다시 허전한 마음에 이어폰을 끼고 음악을 틀었다. 먼저 베버의 '무도회의 권유'를 골랐다.

유혹하듯 흘러나오는 음악에 취하기 시작한 아영은 두 눈을 꼬옥 감았다. 이어 격렬한 빠른 템포가 폭발하듯 울리다가는 또다시 물 흐르듯 감미롭게 펼쳐지는 소리.

아영은 자신도 모르게 진호의 넓은 가슴에 안겨 춤을 추는 상상으로 이어져 갔다. 들판을 거쳐 숲속에 들어가니 온갖 백화가 방끗이 미소를 던지는 가운데 이름 모를 멧새들과 벌 나비가 함께 춤을 추자며 축복을 더해 주었다. 어느새 등에는 하늘을 나는 선녀처럼 날개가 펄럭이었고 긴 드레스는 파도를 일으키듯 위로 펼쳐지며 나풀거렸다. 가슴에 따듯한 온기가 느껴졌다.

그러나 음악이 끝나자 현실에 눈을 뜬 아영의 머릿속엔 실망감만 몰려들었다. 허리를 굽혀 휠체어에 의지한 자신의 빈약하기 짝이 없는 하체를 바라보며 중얼거렸다.

'허황된 꿈이었어.'

쓸쓸한 마음을 추스르며 이번에는 그레그의 '솔베이지의 노래'를 틀었다. 구슬픈 멜로디가 시작되자 또다시 눈을 감고는 슬픔을 공감하듯 속삭이었다.

'오빠는 잘 견디고 있는지? 언제 다시 볼 수 있을_런지요.
남들처럼 사랑할 수는 없는 몸이지만 솔베이지처럼 기다릴 수는 있답니다. 누가 뭐라고 하든, 오빠가 무엇을 하든 나는 영원히 오빠 편이거든.
하지만 난 오래 살 수는 없을 거야. 우리 같은 장애인은 오래 사는 사람이 없다는 거, 난 잘 알아. 언제까지 살 수 있을지는 나도 몰

라. 앞으로 5년? 아니 10년을 살지…. 어느덧 왼쪽 팔도 말을 잘 안 들어 사용하기 힘들어졌거든.

그래도 오빠가 오면 커피는 타 줄 수 있을 거야. 오빠에게 커피를 타 주는 시간만큼은 가슴이 저리도록 행복하답니다. 행복….'

힘들고 지친 몸은 다이아몬드처럼 반짝거리는 두 줄기의 눈물이 아영의 귓가에 강줄기를 만들면서 꿈을 꾸듯 서서히 잠 속으로 빠져들어 갔다.

새들이 지저귀는 소리에 눈을 뜨니 벌써 아홉 시가 넘었다. 자신의 몸은 누가 올려놨는지 침대 위에 뉘어져 있었다. 그러나 고개도 돌릴 수 없을 정도로 온몸이 아팠다. 아영은 또다시 눈을 감았고 한동안 고통스런 꿈속을 헤매고 말았다.

다시 깨어난 것은 오후 5시가 넘어서였다. 부원장 박영순 할머니께서 아영의 머리를 만지고 있었다.

"많이 아프지?"

부원장 할머니가 물었다.

"괜… 괜찮아요."

아영은 죽어가는 듯 가느다란 목소리로 대답을 하였다. 말하기도, 숨을 쉬기도 힘이 들 정도였다.

"열이 좀 있었어. 오빠만 찾더군."
"그랬어요, 제가?"
"그래, 하지만 곧 소식이 있겠지, 좋은 소식으로 말이야."
"그럴 거예요. 오빠는 착한 사람이거든요. 절대 나쁜 사람이 아니에요, 할머니."

오빠에 관한 말이 오고가자 아영의 얼굴은 또다시 강줄기로 변해 버렸다.

"그래 나도 그렇게 생각해. 우리 모두 함께 기도하면 좋은 결과가 있을 거야. 안 그래?"
"그럼요, 그렇고 말구요. 곧 좋은 소식이 있을 거예요."

옆이 서 있던 장애인 활동 보조 도우미로 활동하시는 정숙희 언니가 맞장구를 쳤다. 이어 부원장 할머니께서 말을 이었다.

"자, 그럼 우리 함께 아영이의 앞날을 위해 기도할까?"

모두 경건한 마음으로 눈을 감았다. 부드러우면서도 카랑카랑한 부원장 할머니의 소망하는 기도소리는 조용하던 실내를 더욱 숙연

한 분위기로 만들어 주었다.

"하나님 아버지시여!

여기 우리의 어린 양이 누적된 피로와 힘든 싸움을 벌이고 있습니다. 반쪽의 생을 살아갈 수밖에 없는 슬픈 운명의 선녀처럼, 외롭기 짝이 없는 산 속에 핀 한 송이 산나리처럼, 연약하고 여리지만 우리 곁에서 이토록 예쁘게 피어 있습니다.

우리의 어린 양은 풍요로운 숲의 그늘에 가려 햇볕도 제대로 받지 못하고 어린 시절을 지내왔습니다. 하지만 젖은 땅을 디디고 서서 줄기차게 희망을 속삭이며 보람차게 살아가고 있습니다. 이름을 불러주는 이 없어도 밝게 웃는 입술은 선명하기만 합니다.

사랑하는 주님이시여!

우리의 딸에게 용기와 힘을 주소서. 태어날 때부터 홀로 떨어진 몸은 외로움조차도 너끈히 이겨내면서 오늘을 꿋꿋하게 살아가고 있습니다.

우리의 여린 생명에게 세상에 비바람이 불어도 눈보라가 휘몰아쳐도 조금도 두려울 것이 없이 내일을 향해 힘차게 나아갈 수 있도록 더욱 큰 용기를 주시옵소서. 하루 빨리 일어나 사랑하는 오빠를 만날 수 있도록 우리의 어린 양에게 힘을 불어 넣어 주시옵소서.

주 예수그리스도의 이름으로 간절히 기도하옵나이다. 아멘."

"아멘."

6. 똑같은 마음, 똑같은 육체

할머니의 기도가 효과를 보았을까? 앓아누운 지 7일째 되는 날 저녁부터 아영은 식욕이 돋기 시작하였다. 이날은 잠도 제법 잘 잤으며 악몽도 꾸지 않았다. 편안하게 밤을 지내고 나니 몸이 가벼워졌다. 이제 밥도 먹기 시작하였고 하루에 몇 번씩 복지원 주변을 돌아다니기도 하였다. 그렇게 3일을 더 지내니 이제 정상을 거의 회복한 것도 같았다. 며칠 전부터 시작한 생리의 양도 적당한 것 같았다.

아영은 하루가 멀다 하고 가스가 떨어질 때를 기다렸다. 그래야만 진호 오빠가 배달 올 확률이 높아지기 때문이었다. 그러나 진호는 오지 않았다. 오빠 대신 배달 온 김영준 사장에게 물어보았지만 지금쯤 석방되었을 것이므로 곧 오게 될 것이라는 말만 들었을 뿐 그 이상 이렇다 할 소식조차 없었다.

"준비됐으면 가자, 어서…."

정 언니가 오늘따라 호들갑을 떨며 바쁜 것처럼 서둘러 차에 태웠다. 오늘은 시에서 운영하는 장애인 목욕탕으로 몸을 씻으러 가는 날이었다. 동생뻘 되는 진영이와 유미도 함께하였다. 진영이와 유미는 팔과 다리가 몹시 부자연스럽기는 해도 혼자서 걸을 수가 있기 때문이 도착하자마자 먼저 옷을 벗고 탕 안으로 들어갔다. 하지만 아영이는 혼자서 벗기가 어려워 누가 도와줄 때를 기다리는데 아무도 거들떠보는 사람이 없었다.

바지는 그렇다 치고 우선 혼자서 웃옷만이라도 벗으려 하니 왼팔이 말을 안 들었다. 최근에 와서 부쩍 말을 듣지 않는 것 같았다. 자꾸만 굳어져 가는 것이 완연하였다. 한참을 낑낑대고 있으니 드디어 관리인 아줌마가 아영이를 발견하였다.

"도와주랴?"
"네, 조금만 도와주세요."
"먼저는 잘 벗더니 왜 그래?"
"왼팔이 말을 잘 안 들어요. 점점 굳어지나 봐요."
"그러니까 운동을 부지런히 해야지. 오늘은 도와주지만 다음번엔 바지만 벗겨줄 테야, 웃옷은 네가 벗어야 해. 알았지?"

"알았어요."

아줌마의 말이 옳았다. 진호 오빠가 구속되고부터 자꾸만 혼자 우두커니 앉아 있는 시간이 많아졌기 때문에 운동 부족은 당연했다. 탕에 들어가서 고개를 숙이고는 부쩍 여윈 자신의 모습을 내려다보았다. 뼈에 가죽만 남은 듯 앙상한 두 다리, 자신이 생각해도 너무나 불만스러웠다. 아영은 자기도 모르게 혼잣말로 중얼거렸다.

'오빠가 내 몸을 보면 얼마나 놀랠까? 그래도 피부는 괜찮은 편인데 말이야, 그치? 하지만 안 돼, 결코 내 몸을 보여줘서는 안 돼. 오빠가 이런 모습 보면 실망하고 말 거야. 절대 안 돼!'

이런저런 생각을 하면서도 언제 올지는 모르지만 깨끗한 몸으로 오빠를 만난다는 것은 기분 좋은 일이라고 생각하며 빙그레 웃어보았다. 뒷물을 하기 위해 손으로 만져 보니 생리는 이미 멎은 상태였다. 음모에 비누칠을 하고는 손바닥을 펴서 문질러 닦기 시작하였다. 반복하여 클리토리스에 손가락이 닿자 자신도 모르게 가슴이 두근거리며 얼굴이 달아오름을 느꼈다. 황급히 손을 떼고는 마음을 진정시키려 애를 썼다. 숨을 멈추었다가 다시 심호흡을 한 번 하였다. 다행히 시간이 지나면서 점차 흥분은 가라앉기 시작하였다.

'내 몸엔 쓸모도 없는 것이 너무 많아. 공연히 마음만 심란하게 말이야.'

속으로 중얼거리면서도 행여 누가 볼까 주위를 둘러보았다. 눈치챈 사람이 없음을 확인하고는 머리마저 감고 다시 복지관으로 돌아왔다. 모처럼 기분이 날아갈 것 같은 상쾌한 날이었지만, 마음 한 구석에 뭔가 조금 부족한 것 같았다.

점심 식사를 마치고 나니 영철이가 TV에서 나오는 춤추는 가수를 보며 껑충껑충 따라 흉내를 내었다. 스물 세 살의 청년이지만 심한 자폐증과 정신 지체를 앓고 있어 마치 세 살짜리 어린아이와 다름없었다. 그는 대소변조차도 혼자 해결하지 못하고 복지원의 다른 형들이 도와주거나 씻겨 주어야만 하는 사람이었다. 어떤 경우에는 바지를 몽땅 벗은 채로 복도로 나와 아영이 앞으로 돌아다니기도 하였다. 그의 음모는 풍성했으며 성기는 다른 어른과 조금도 다름없었다. 그러나 그 성기를 덜렁거리면서도 부끄러워할 줄은 몰랐다. 그는 지능이 아기와 같았으므로 성욕도 아기와 같아 보였다. 아영은 간혹 자신도 차라리 성욕까지 마비가 되거나 아기처럼 자라지 않았었더라면 좋을 것 같다는 생각이 들기도 했다. 그러하다면 귀찮고 불편하기 짝이 없는 생리도 안 나올 것이고, 달빛이 아무리 밝아도 잠이 잘 올 것이기 때문이었다.

복도 한쪽에서는 진경이가 손톱에 매니큐어를 칠하고 있었다. 아영이는 살며시 다가가 자기도 따라서 매니큐어를 칠했다. 그런 다음 다시 출입문 쪽으로 이동하여 머리에 핀을 꽂고는 거울을 한 번 들여다보았다. 그리고는 또다시 빙그레 웃었다. 저녁을 먹고 난 다음 예배 시간에도 아영이는 출입문 앞을 결코 벗어나지 않았다. 왠지 불안했기 때문이었다.

이날도 자기 전 일기 대신 편지를 썼다.

'오빠. 오늘은 오랜만에 목욕탕에 가서 목욕을 했습니다.

머리도 감고 때를 벗기며 몸도 씻었지만, 때 묻은 나의 마음도 깨끗이 씻었답니다. 하지만 오빠를 기다리는 마음만은 씻지 않고 소중히 남겨두었답니다.

오빠도 종종 목욕을 하시겠지요? 하지만 오빠의 마음속에 살아 있는 아영이는 지우지 마세요. 아영이가 슬퍼할 테니까요.

잘 자요, 오빠!'

제2부

눈물 없이는 볼 수 없는 이야기!

선녀가 인간으로

7. 빌어먹을 세상

　진호는 재판을 모두 마친 다음 선고 공판이 있었다. 초범인 데다가 지병으로 말미암아 수형 생활을 하기에 적당치 않은 점을 고려하여 집행유예를 선고받고 즉시 풀려나왔다. 진호는 아이들을 만나러 자신의 집이었던 아파트로 달려가는 것이 급했다. 만약 이사라도 간다면 영영 아이들을 볼 수가 없을 것이기 때문이었다. 아내와 마주치지 않기 위하여 치킨 집 영업 시작 시간 이후인 초저녁을 택하여 아파트로 달려갔다.
　그러나 정작 아파트의 문은 잠겨 있었고 초인종을 누르고 문을 두드려도 집 안에는 아무도 없었다. 전자키의 비밀번호도 바뀌어 있었다. 하는 수 없이 돌아서서 허탈한 마음으로 엘리베이터를 기다렸다. 잠시 후 엘리베이터 문이 열리고 사람들이 내린 다음 타려고 하는 찰라 아이들이 엘리베이터에서 튀어나왔다.

깜짝 놀란 아이들은 너무나 반가운 나머지 소리치며 왈칵 달려들었다. 여덟 살짜리 아들 지수는 아빠의 허리를 감싸 앉았고, 다섯 살짜리 딸 선아는 아빠의 품에 안겨 엉엉 울음을 터트리고 말았다.

"아빠가 많이 보고 싶었지?"
"훌쩍… 훌쩍… 응."

선아가 어리광스런 말투로 대답하였다. 아직 어리광도 부리고 칭찬만 들을 나이의 아이들인데 아빠가 자리를 지켜주지 못해 미안하기도 하였다.

"아빠도 너희들 많이 보고 싶었어. 근데 밤중까지 어디 갔다 왔어?"
"심심해서 어린이 놀이터에서 놀다 왔어. 집엔 아빠두 없구…. 이제 아빠 매일 들어올 거지?"

가슴이 뜨끔했다. 아이들은 아직 아내와 이혼한 사실을 모르는 것만 같았다. 그렇다고 자신이 솔직하게 알려주는 것도 아이들에게는 충격이 너무 클 것 같았다. 아파트로 들어가 사 가지고 왔던 빵과 음료수를 아이들에게 주고는 거실에 앉아서 말을 계속

하였다.

"엄마가 아무 말도 하지 않았니?"
"그냥 아빠 오지 않을 거랬어. 그리구 아빠 찾아와도 만나면 안 된다고 그랬어."

진호는 기가 막혔다. 아무리 이혼을 했다 해도 아이들에게 아빠를 만나면 안 된다고 하다니, 정상적인 사고로는 도저히 이해할 수가 없었다. 아이들의 장래보다도 자신의 입장을 먼저 생각하는 아내가 무섭다는 생각까지 들었다.

"그래서?"
"그래두 난 아빠가 보고 싶다고 했어. 그런데두 엄마가 안 된다구 해서 내가 막 울었어. 엄마 미워."
"그랬구나, 그럼 우리 엄마 몰래 만나자. 그럼 되지?"
"그럼 아빠는 매일 안 와요?"

이번엔 지수가 제법 어른스러운 말투로 물었다.

"미안해, 지수야. 오늘도 곧 가야 되거든…."
"아빠가 매일 있었으면 좋겠어요. 엄만 매일 늦게 들어오잖아요."

"하지만 그럴 사정이 있어. 이담에 크면 이해할거야."

선아는 어느새 소파에 누워 잠이 들어 있었다. 아이들 방을 들여다보니 어수선하기 짝이 없었다. 결손 가정에서 문제아가 나온다는 말이 일리가 있다는 생각이 들었다. 방 안을 대충 정리해 준 다음 다시 거실로 나오자 눈치 빠른 지수가 뿌루퉁한 표정으로 물었다.

"벌써 가는 거예요?"
"응, 아빤 가야 해. 엄마 말씀 잘 들어야 한다. 응?"

막상 아이들과 헤어지려 하니 눈물이 나오려고 했다. 하지만 아이들 앞에서 함부로 눈물을 보여서는 안 된다는 생각으로 침을 삼키며 참고 또 참았다.

"그럼 아빠 언제 와요?"
"응…. 그러니까, 다음 주 화요일 날 저녁 일곱 시에 어린이 놀이터에 올게. 그리고 급하게 아빠가 보고 싶으면 아빠한테 전화해. 전화번호 알지?"
"네, 알았어요."
"선아도 네가 잘 보살펴 줘라, 알았지? 그럼 잘 있어."

지수를 한 번 안아준 다음 떨어지지 않는 무거운 발길로 뒤돌아서서 '하나가스' 영업 사무실로 돌아왔다. 진호가 임시로 갈 곳은 그곳밖에 없었기 때문이었다.

진호가 영업소 문을 열고 들어가자 다른 직원들은 다 퇴근하고 사장 혼자 앉아서 장부를 정리하고 있었다. 사장 김영준은 진호를 매우 반갑게 맞아주었다.

"형님! 저 왔습니다."
"최진호! 어서 와라. 고생 많았지?"
"고생은요, 뭐 조금 답답하기만 했지요, 뭐."
"반성은 많이 했나?"
"네, 반성은 정말 많이 했습니다. 할 일이 그것 밖에 없었거든요."
"그동안 자네 아들 지수와 막내 선아가 가끔씩 아빠 찾는 전화를 하더군. 핸드폰을 받지 않는다고 말이야. 가슴이 아팠어."
"그랬군요. 그렇잖아도 지금 아이들 만나고 오는 길입니다. 영업은 잘 되죠?"
"항상 그렇지 뭐, 자네가 왔으니 이제 나 숨 좀 돌리겠군. 하하."
"받아 주시겠습니까, 저? 이젠 사무실에서 먹고 자고 해야 하는데…."
"이 사람 무슨 소리야! 난 자네를 믿네. 우리 한두 해 함께했나? 자네 마음속까지 난 다 알아."

"고맙습니다, 형님. 그럼 다음 주부터 일할게요. 그동안 마음 정리도 좀 하구요."

"좋아. 하여튼 우리 저녁이나 먹으면서 그동안의 얘기나 좀 할까?"

자리를 음식점으로 옮겨 식사를 하면서도 이야기는 계속되었다.

"근데 말이야, 최진호!"
"말씀하세요, 형님."
"그 왜 있잖아, KR 사회복지원에 있는…."
"아영이요?"
"그래, 조금 안됐더라구."
"아영이가요?"
"그래. 자네 생각은 도대체 뭐야? 어쩔 작정이야?"
"어쩌긴요, 뭐."
"그럼 태도를 분명히 해야지. 여자는 잘 대해 주면 착각할 수 있어."

진호는 아영이에 관한 한 무슨 말을 어떻게 해야 할지 갈피를 잡지 못하고 있었다. 진호는 계속 듣기만 하는 가운데 영준의 말은 이어졌었다.

"남자가 착각하면 성희롱이 될 수 있지만, 여성이 착각하면 상사병이 된다구. 상사병은 사람이 죽을 수도 있다는 거, 모르나?"

"….."

"솔직히 말해서 자네가 그녀를 어떻게 할 건 아니잖나? 그렇다면 더 이상 마음의 상처는 입히지 말아야지. 그녀는 몸이 성한 사람이 아니라구."

"그녀도 남자와 사랑하고 싶을까요? 한 여자로서 말입니다."

"이 사람 큰일 낼 사람이군. 알면서 왜 그러나, 응? 선녀 같다고 사람이 아닌가? 꼭 똥인지 된장인지 찍어 봐야 아느냐 말이야? 자네 그러면 못써. 죄를 짓는 거야. 큰 죄를 짓는 거라구. 내일 당장 서운하게 생각하더라도 끝내버려. 일 키우지 말고…."

"자신이 없어요."

"뭐가 자신 없다는 거야?"

"그녀가 나로 인해 충격 받는 건 상상도 못할 것 같거든요, 형님."

"그럼 내가 대신 얘기해 줄까? 사실 나도 잘못은 있거든."

"아녜요, 형님에게 무슨 잘못이 있겠어요."

"아니야. 사실 내가 그 말은 하지 말았어야 하는 건데."

"무슨 말씀을요?"

"자네가 이혼했다는 것 말이야. 난 아무 생각 없이 자네가 안됐다는 뜻으로 이야기를 한 건데…."

"근데요?"

"근데, 그 이후로 자넬 기다리는 낌새가 달라진 거야. 아주 심각해진 것 같더라구. 요샌 병도 앓았다더군."

"설마하니 그것 때문에 그러겠어요?"

"아니야, 보통 문제가 아니야. 난 눈치가 없는 줄 아나? 자네나 나나 그녀가 처녀라는 걸 잊었던 거야. 그 여잔 엄연한 처녀라구. 그리고 마음 통하는 남자하고 사랑하며 아이 낳고 살고 싶은 지극히 정상적인 여자란 말이야. 장애인이라고 절대 다르게 생각하면 안 돼."

"저도 장애인이라고 다르게 생각하지는 않아요. 하지만 솔직히 결혼해서 아이 낳고 살 수는 없는 실정인 것은 맞잖아요."

"글쎄, 차라리 그렇다면 얼마나 좋겠나. 그리고 그녀도 그렇게 생각한다면 아무런 문제도 일어나지 않겠지. 세상에 슬픈 일은 일어나지 않는다는 말일세."

"이해하기 어렵네요."

"뭐가 어려워. 하늘에서 내려온 선녀(仙女)를 생각하면 돼. 선녀가 인간과 만나지 않으면 아무런 일도 일어나지 않아. 하지만 인간과 눈빛이 마주칠 때에는 사랑을 느끼게 된다구. 그러면 어떻게 되겠나? 나무꾼과 결혼하지 않았나, 아이까지 낳게 되었단 말이야. 알겠어?

하지만 그건 행복이 아니라 엄청난 불행의 시작이라구. 그러니깐 쉽게 말해서 선녀의 사랑은 천벌이야, 천벌! 자넨 선녀의 가슴에 불을 지르는 아주 고약한 방화범이 되겠군."

제2부. 선녀가 인간으로

"하지만 아영이는 선녀가 아니잖아요. 비록 선녀처럼 착하기는 하지만…."

"그건 또 무슨 소린가?"

"아무리 장애인이라고 성을 포기하고 살아야 한다는 것은 신의 섭리는 아닐 거라구요. 그녀가 생리를 한다는 것은 여자로서의 성을 포기하지 말라는 것이 아닐까요?"

"도대체 알다가도 모르겠군. 그럼 자네는 그녀를 책임질 수 있다는 건가? 거동도 할 수 없는 중증 장애인 여성에 있어 생리는 저주일 뿐이야. 불행을 잉태한 저주의 붉은 피라구!"

"나도 모르겠어요. 이혼한 아내를 생각하면 허우대 멀쩡한 사람이 오히려 저주스러워요. 경멸스럽다구요. 사람의 탈을 쓴 마귀 같다구요. 남자가 사랑해선 안 될 여자는 중증 장애인이 아니라 신체 멀쩡한 여자라구요. 하지만 장애가 심한 사람일수록 그런 사람 없어요…."

"이해하네. 세상살이가 다 그런 거 아닌가? 그래서 서로 이해하며 참고 살아야 하는 것일세."

"그렇긴 해요. 하지만 난 보시다시피 버림받았잖아요? 얼마나 못났으면 마누라한테 버림을 받나요? 간질 환자는 사람도 아니라는 걸 이번에 알았습니다."

"너무 상심은 하지 말게. 아내가 키우기로 했다지만 금보다 귀한 아이들이 둘씩이나 되잖나?"

"자식이 둘이면 뭐합니까? 아내가 제 아빠도 못 만나게 했다는 군요. 사람 같지 않아요. 그에 비하면 아영이는 정말 천삽니다."

진호는 아이들 이야기를 시작하자 눈물이 글썽이기 시작하였다.

"내가 아영이를 착하게 보고 좋아하는 것은 딴 게 아녜요. 아내와 비교가 되니까 자꾸만 아영이에게 마음이 가는 겁니다. 정말 뭐든지 도와주고 기쁘게 위로해 주고 싶은 여자예요. 난 뭐 눈이 없는 줄 아세요? 나도 예쁜 여자 볼 줄 알고, 그래서 아내와 눈 맞아서 결혼도 했거든요. 근데 지금은 너무나 후회가 됩니다. 이제 그런 여자 하나도 부럽지 않아요. 그건 예쁜 게 아니고 요귀일 뿐입니다. 요귀.

하긴 내 자신도 이젠 남자가 될 수 없어요. 세상에 간질 환자 좋아할 여자 없다는 것을 이번에 알았다구요. 나는 남자는커녕 사람도 아니었죠. 판사도 변호사도 결국은 내 편이 아니었다구요. 간질 환자라서 이혼의 책임을 져야 한다는 것이고, 그래서 재산도 손해를 봐야 하고, 간질 환자라서 자신의 아이도 키울 수 없다는 겁니다. 이게 사람입니까, 어디? 내가 사람이냐구요. 빌어먹을 망할 노무 세상!"

진호는 비참한 심정으로 영준을 앞에 둔 채 눈물을 훔치고 말았다.

8. 눈치 보는 아이들

 화요일 저녁 일곱 시가 되었다. 진호가 아이들과 만나기로 약속한 시간이었다. 즐거운 마음으로 어린이 놀이터로 달려간 진호는 사 가지고 간 과자 봉지를 아이들에게 하나씩 나누어주었다. 그러나 아이들은 어쩐 일인지 선뜻 받지를 않고 머뭇거리며 주저주저하였다. 표정도 그리 밝지가 않았다. 그러다가 선아가 먼저 봉지를 받으면서 오빠의 눈치를 보는 것이었다.

"먹어도 돼, 오빠?"
"응, 먹어."

 뭔가 이상했다. 그러나 지수도 곧 마지못해 손을 내밀어 받아 쥐었다. 그리고는 입을 열었다.

"엄마가 아빠 만나면 혼날 거라고 했어요."
"그래? 엄마가 알아?"
"저번에 아빠 왔다 간 날 사다 준 빵을 보고 엄마가 아빠 온 거 알았어요."
"그랬구나. 그럼 과자는 여기서 다 먹고 가져가지 말아. 또 먹고 싶은 거 없니?"

지호는 아이들과 이야기를 하면서도 너무나 분한 마음에 당장 아내를 찾아가 한바탕 싸우고 싶은 생각이 치밀어 올랐다. 그렇지만 아이들에게 보복이 갈까 봐 억지로 참고 또 참았다.

"아빠! 응…. 우리 데려가면 안 돼?"

막내 선아가 물었다.

"나중에 조금 더 크면 아빠가 데려갈게. 알았지?"
"지금 데려가, 나 외할머니 무서워."
"외할머니 오셨니?"
"아빠 간 다음부터 외할머니가 우리 집에 와 있어. 잔소리 듣기 싫단 말이야. 회초리도 갖다 놨어."

"그래도 너희들 잘되라고 하는 거야. 말씀 잘 들어야 이담에 아빠가 데려가지."

진호는 현실적으로 어렵다는 것을 알면서도 회초리까지 갖다 놨다는 소리를 듣고는 아이들을 달래 주려고 마음에 없는 소리를 하였다. 아이들이 회초리로 얻어맞는다는 것을 상상하니 가슴이 찢어지는 듯 아팠다. 그러면서도 훗날 경제적으로 안정이 될 때 어쩌면 아이들을 데려갈 수 있을지도 모른다는 생각을 하였다. 외할머니가 아이들을 때렸다는 소리만 나오면 아동학대를 이유로 법원에 양육권 반환 소송을 청구할 수 있을 것이기 때문이었다.

하지만 그것은 꿈이었다. 지금은 모든 여건이 안 되므로 아이들을 자주 만나면서 마음을 달래주는 것 외엔 할 수 있는 일이 아무 것도 없었다. 잠자코 있던 지수가 말을 꺼냈다.

"우리 곧 이사 갈 거래요."
"왜?"
"아빠 병 때문에 동네 사람들이 뭐라고 한대요. 나한테도 유전된다고 했대요."
"그, 그래? 어디로?"
"이 근처인가 봐요. 나도 잘 모르겠어요."
"다행이구나! 멀리 갈까 봐 걱정했는데…."

이때였다. 갑자기 아이들끼리 서로 눈빛을 마주치더니 다른 한 곳을 주시하였다. 아이들의 표정은 겁에 질린 것처럼 순식간에 어두워졌다. 진호도 아이들을 따라 그쪽을 바라보니 30미터쯤에 아이들의 외할머니가 뒷짐을 지고 서 있었다. 그동안 외할머니는 아이들을 감시하면서 대화 내용을 엿듣고 있었던 것이었다. 진호는 두려웠다. 온몸에 경련이 이는 듯 전율을 느꼈다.

지수는 불과 한 달 남짓 지나는 동안 나이보다 더욱 어른스러워진 것 같았다. 아니 눈치만 빨라진 것인지도 모른다. 지수는 먹다 만 과자의 봉지를 살며시 땅바닥에 내려놓았다. 그리고는 힘없이 고개를 숙인 채 할머니께로 돌아서려고 동생 선아의 손목을 잡아끌었다. 동시에 기어들어가는 목소리로 아빠에게 인사를 하였다.

"아빠, 갈게요."

하지만, 어린 딸 선아는 오빠를 따르지 않았다. 오빠가 잡은 손을 힘껏 뿌리쳤다. 그리고는 먹다만 과자 봉지를 내동댕이치며 땅바닥에 털썩 주저앉아 숨이 넘어갈 정도로 울음을 터트리고 말았다.

"으아~앙, 아~앙."

돌발적인 상황에 당황한 진호는, 사랑하는 딸 선아를 번쩍 잡아

올려 왼쪽 가슴에 덥석 끌어안았다. 그리고는 딸의 등을 두드려 주며 달래 주려고 애를 써 보았다. 하지만 서럽도록 찢어지는 선아 울음소리는 아빠의 품속에 고개를 묻은 상태에서도 그칠 줄을 몰랐다. 아빠의 가슴은 금세 흥건하게 젖어 버렸다. 아빠는 외할머니에게 조금씩 다가가며 사랑하는 마음으로 더욱 힘껏 선아를 끌어안아 주었다.

"선아야, 아빠가 곧 데리러 올 거야. 조금만 기다려, 응?"

그러나 선아는 더욱 크게 몸부림치며 발버둥을 쳤다. 울음소리도 더욱 커져만 갔다. 진호는 선아의 외할머니 앞에 다가가서도 한동안 움직이지 않은 채 선아를 껴안고 울음이 그치기만을 기다렸다. 한참 후 진호는 겸연쩍은 듯 인사를 건넸다.

"안녕하세요."
"그래, 미안하네."
"죄송하지만 오늘 하루만 제가 데려가면 안 될까요?"
"이 사람아, 내 생각도 좀 해야지. 알면서 그런 소릴 하는가?"

그러면서 외할머니는 선아를 노려보며 칼날 같은 한마디를 내던졌다.

"뚝!"

외할머니의 눈초리는 매섭도록 날카로웠다. 분위기는 갑자기 살벌해졌다. 그칠 줄 모르고 소리치던 선아도 외할머니의 눈빛과 마주치자 공포에 질린 아이처럼 숨을 헐떡거리며 울음을 참으려는 듯 멈칫멈칫 울컥거렸다. 그러다가 다시 아빠의 어깨에 얼굴을 파묻으며 여린 숨을 진정시키려고 애를 썼다. 어린 선아의 모습이 너무나 애처로운 나머지 진호는 차라리 다 함께 죽어 버리는 것이 낫겠다는 생각마저 들었다.

그러나 하는 수 없이 외할머니 앞에 선아를 내려주자, 선아는 지금까지의 태도를 바꿔 운명을 받아들이려는 듯 할머니의 치맛자락을 한 손으로 움켜쥐고는 아빠의 얼굴을 한 번 쳐다보았다. 그 순간 겨우 멈추려던 울음이 다시 터지자 외할머니의 치마폭에 얼굴을 파묻고는 솟구쳐 오르는 감정을 억누르느라 무진 애를 썼다.

진호는 외할머니와 함께 돌아가는 아이들의 뒷모습을 멍하니 서서 바라보았다. 아이들은 몇 걸음을 걷다 말고 아쉬운 눈빛으로 뒤돌아보고 또 돌아보았다. 그렇게 몇 번을 반복하고는 시야에서 쓸쓸히 사라져 갔다.

9. 첫 외출, 32년 만의 데이트

 사무실로 돌아온 진호는 도대체 마음을 가다듬을 수가 없었다. 가만히 있자니 두 남매의 어린 모습이 자꾸만 떠올라 견딜 수가 없었고, 아내를 생각하면 울화통이 터져 견딜 수가 없었다. 잠도 올 것 같지 않았다. 진호는 오늘을 넘기려면 어떻게든 기분의 전환이 필요하다고 생각되었다.
 다시 문을 열고 밖으로 나갔다. 차를 타고 평택 사회복지원을 향하여 액셀러레이터를 힘껏 밟았다. 복지원에 거의 다다르자 약 50여 미터가량 남겨 놓고 길옆에 주차를 시켰다. 차에서 내려 천천히 걸어 다가갔다. 잠이 들었으면 그냥 되돌아가려는 속셈이었다. 그러나 아영이는 잠을 자기는커녕 창밖만을 물끄러미 내다보고 있었다. 조심스럽게 다가가 출입문을 두드리자 아영이가 진호를 발견하

였다.

"오, 오빠, 오빠~!"

아영이가 소리를 질렀다. 동시에 큰 소리가 나도록 출입문을 활짝 열어젖혔다. 도우미 정숙희 언니와 부원장실에서 누워 있던 할머니까지 소리를 듣고는 냉큼 달려 나왔다.

"안녕하세요?"
"어서 오게, 어서 와. 고생 많았지?"
"면목이 없습니다, 할머니."
"그래, 하나님은 모든 죄지은 자를 다 용서하시지. 주님께서 우리의 죄를 대신 짊어지고 가셨다네. 그럼 그동안 하지 못한 이야기 좀 천천히 나누게나."

할머니와 정 언니가 들어가자 아영이는 타 놓은 커피를 진호에게 내밀었다.

"이 커피도 오래간만이에요."
"그래 그동안 잘 있었어? 우리 마당으로 나갈까? 산보…."

진호는 휠체어를 밀면서 밖으로 나와 자동차 있는 곳으로 걸어

갔다. 방범등 불빛 아래의 화단에는 철쭉꽃이 만발하여 있었다. 진호는 철쭉꽃 몇 가지를 꺾어 아영의 손에 쥐어주었다. 얼굴을 쳐다보니 어느새 화장이 젖어 있었다.

"오빠 만나면 밝게 웃는 모습을 보여주고 싶었는데…. 자꾸만 눈물이…."
"괜찮아, 울고 싶으면 실컷 우는 것도 좋아."
"근데 언제 나왔어, 오빠?"
"응, 며칠 됐어. 애들 때문에 정신이 없어서 그만…. 늦게 와서 미안해. 우리 오늘 밤 한강 구경 갈까?"
"정말? 야, 너무 좋아. 나 한강 한 번도 못 가 봤어요. 얼른 가요."
"늦었는데…. 지금 가면 오늘 못 들어올지도 몰라. 할머니께 말씀드려."
"알았어, 걱정 마, 오빠."

아영이는 금세 웃는 얼굴로 변해버렸다. 그리고는 다시 되돌아 들어가서는 옷을 갈아입는 등 외출 준비를 하고 나왔다. 자동차로 이동한 진호는 아영을 번쩍 들어 앞좌석에 앉힌 다음 휠체어를 접어 트렁크에 넣었다. 장애인에게는 앞좌석이 위험하긴 했지만 오늘은 왠지 그러고 싶었다. 그리고 다시 액셀을 밟으며 달려 나아갔다.

올 때에는 조금씩이나마 밀렸던 고속도로가 이제는 소통이 아주 원활하였다. 제한 속도를 20km쯤 초과한 120km 정도로 밟아도 별로 위험을 느낄 수 없었다. 판교 톨게이트를 지나니 소통은 더욱 원활해졌다. 계속해서 양재를 지나 서초를 거쳐 한남동에서 올림픽대로로 진입하였다. 한강을 가로지르는 개개의 다리마다 색다른 조명이 화려하기만 하였다.

"너무 좋아, 오빠!"
"정말 좋아?"
"응, 정말 좋아. 오빠하고 있으니까?"
"그래? 죽어도 좋아?"
"응, 죽어도 좋아. 정말…. 하지만 오빠는 살아야 해."
"아니, 그 반대야. 난 죽어도 좋지만 아영이는 행복하게 살아야 해."
"무슨 이유라도 있어?"
"난 사는 게 너무 고통스럽거든. 결혼을 하고 자식을 낳고 보니까 괴로운 일이 너무 많아."
"오빠, 힘내. 나 같은 사람도 살고 있잖아."
"맞아. 난 아영이 때문에 힘을 많이 얻지. 우리 저기에서 구경 좀 할까?"

잠실공원으로 들어가 주차장에 차를 세운 다음 자전거도로를 따라 강가로 다가갔다. 아직은 차가운 강바람이 몸을 휘감아왔다. 진호는 가슴에 철쭉 꽃다발을 안고 있는 아영이에게 윗저고리를 벗어 감싸주었다.

진호는 잠실대교를 오른쪽에, 잠실종합운동장을 뒤로하고는 강물 앞의 말뚝처럼 생긴 돌조각 위에 걸터앉았다. 강 건너 빌딩의 불빛도 아름다웠고 한강 다리의 화려한 조명도 볼만했다. 하지만 강물은 아무런 소리도 없이 달빛을 흡수하며 묵묵히 흘러만 가고 있었다.

"저 강물 속 깊겠지?"

아영이가 진호 오빠에게 살며시 기댄 채 나지막한 목소리로 물었다.

"깊겠지."
"얼마나 깊을까?"
"궁금해?"
"응."
"하지만 모르는 게 좋아."
"왜?"
"세상은 아는 게 많으면 불행한 거야."
"아는 게 많으면 왜 불행할까? 난 몰라서 불행한데."

"이런 시가 있지. 들어 봐.

강물은 덧없이 흐르다가 / 폭포를 만나면 / 급격히 떨어집니다.

넓은 곳에서는 / 천천히 흐릅니다.

그냥 그렇게 흐를 뿐인데 / 뭘 그리 알려 하시오.

아마도 당신은 / 뛰어난 / 바보가 되려 하나 봅니다."

아영은 빙그레 미소를 지었다.

"그러네요. '강물은 그렇게 흐를 뿐'인데 뭘 알려고 하느냐."

"'아영이와 나도 그냥 이렇게 살아갈 뿐'이야, 이유가 필요 없어."

"'뛰어난 바보'라는 것도 재미있어요. 우린 뛰어난 바보는 되지 말아야 해요."

"무슨 뜻이지?"

"뛰어난 머리로 복잡하게 사는 것보단, 그저 큰 고민 없이 평범하게 사랑하며 사는 것이 더 좋아요. 특히 여잔 그래요. 내가 촌스러운가요?"

"아니야, 아영이 말이 맞아!"

진호는 이혼한 아내 생각이 났다. 뛰어난 머리로 돈은 많이 벌겠지만 결코 행복할 것이라고 생각되지 않았다. 공연히 아이들만 고통스럽게 만들고 있다고 생각하였다. 그러자 갑자기 초저녁에 헤어진 아이들 모습이 생각나고 머리가 혼탁해지기 시작하였다. 진호는 생각을 다른 곳으로 돌리기 위해 애를 썼다.

밤이 깊어갈수록 바람이 점점 차가워졌다. 진호는 왼팔로 아영이를 가볍게 감싸 안았다. 강 건너편 아파트와 빌딩들도 불이 하나둘씩 꺼져가고 있었고 진호와 아영 사이에는 한동안 침묵이 흘렀다.

진호의 가슴에 기댄 아영은 자신이 지금 꿈을 꾸고 있는 것이 아닌가 하는 생각이 들었다. 진호 오빠가 오기 전까지만 해도 한강의 강가에서 서울의 야경을 바라보며 단둘이 있다는 것은 꿈속에서나 가능한 일이었다. 더군다나 연인처럼 어깨를 나란히 하고 깊은 밤을 함께 지새운다는 것은 소설에서나 나올 수 있는 낭만적인 이야기라고 생각하였다.

"오빠, 지금 나 꿈꾸는 거 아니지? 서울의 밤은 너무나 황홀해."

아영이가 빙그레 웃으며 물었다.

"모르지, 나두. 꿈인지 생시인지 지금만큼은 아무런 고민이 없어서 좋아. 그리고 내가 너한테 해 줄 수 있는 게 이것밖에 없어."
"내겐 너무나 큰 선물이야, 오빠. 지금 난 너무 행복해."

진호는 안고 있던 팔에 살며시 힘을 준 다음 자리에서 일어섰다.

휠체어를 끌고 나가 차를 타고 공원을 빠져 나왔다.

"뭐 먹고 싶어, 좋아하는 게 뭐 있어?"
"오늘 안 먹어도 될 거 같아. 배고픈 줄도 모르겠어요."

사실 아영이는 밖에 나올 기회도 별로 없었지만 설령 나오더라도 외식을 잘 안 하는 편이었다. 왜냐하면 화장실이 급할 경우 이동식 변기를 사용해야 하는 번거로움이 있기 때문이었다. 더군다나 오빠에게는 어떤 경우에도 그런 것을 보여주거나 알게 하고 싶지가 않았다.

"오늘 같은 날 또 오기 힘들어. 부담 갖지 말고 맘껏 먹어."
"음…. 진짜 난 배 안 고파. 나와서 탈나면 분위기 깨지잖아."
"알았어, 그럼 노래방 가자."
"와~, 좋다. 근데…. 근데 난 노래 못하는데. 어떡하지…."
"노래방은 스트레스 푸는 곳이지 가수 되는 곳이 아니야."

잠실 시내로 나와 노래방으로 들어갔다. 안내자를 따라 복도를 지나가자 반주와 노랫소리가 시끄럽도록 들려 나왔다.

"여기 사람들은 잠도 안 자나 봐."

지정한 룸에 들어가서 안내자가 기계에 시간을 찍어주자 팡파르가 힘차게 울려 나왔다. 노래 곡목 책장을 넘기던 진호는 탁자 위의 리모컨으로 노래 한 곡을 찍더니 마이크를 잡고 일어섰다. 아영이가 화면을 바라보자 곡목은 듣도 보도 못하던 '내 몫까지 살아 줘'라는 옛날 노래였다. 모니터 화면 아래에 가사가 나오자 진호는 노래를 부르기 시작하였다. 노래를 모르는 아영이는 속삭이듯 가사를 읽어갔다.

"너무나 뜨거운 가슴 당신과 나 함께 가는 길.
죽도록 당신만을 위하여"

아영은 가사를 읽으며 생각했다. '자신도 누구 못지않은 뜨거운 가슴을 가지고 있다.'라고. 하지만 세상은 지금까지 자신을 그렇게 보지 않았다. 그것은 단 하나, 자신이 장애인이라는 이유였을 것이다. 죽음이나 다름없이 반복되어지는 일상 속에서 실낱같은 희망을 바라보고 사는 전신의 지체장애인들, 누가 보조해주지 않으면 일상생활 뿐 아니라 목숨까지도 위협받는 사람들에게 있어서 사회적 편견이란 장애인들 스스로 '뜨거운 가슴'을 가지고 있는지조차 의심하게 만들고 있는 것이다.

하지만 실상은 육체적인 장애와 정신적인 장애는 대부분 별개의 문제였다. 따라서 심한 육체적 장애를 가진 사람들이라 해서 정신적 장애까지 함께 가지고 있는 것은 결코 아니었다. 아영도 마찬

가지였다. 아영이는 한국K복지대학에 입학해서 졸업할 때까지 단 한 번도 장학금을 놓친 적이 없었다. 특히 아영이는 기억력이 뛰어났다. 고전음악과 시를 좋아해서 지금도 한시를 포함하여 시 200여 편을 술술 외울 정도였다. 그런 관계로 작년에는 한국K사이버대학교 3학년으로 편입하여 수학 중이었다.

진호는 아영의 마음을 읽어주듯 계속 노래를 불러주었다.

"…

아아 괴로움 견디며 그대 행복을 빕니다."

10. 리비도, 나는 여자입니다.

노래방에서 다시 밖으로 나오자 아영이가 물었다.

"이제 어디 가요?"
"집에 가기엔 오늘 시간이 너무 아깝지 않아? 길거리에서 눕더라도 오늘만큼은…."

진호는 지금까지 너무 열심히 살아온 것에 대하여 어느 정도 후회하고 있었다. 그는 술도 담배도 배우지 못하고 살아왔다. 총각 때 친구들과 가끔씩 노래방을 다니기는 했지만 그것도 그리 즐기는 편은 아니었다. 가족과 함께 다녀온 여름휴가도 둘째를 낳기 전까지 뿐이었다. 여지 것 그는 한눈 한 번 팔지 않고 가족의 행복과 가정의 앞날만을 위하여 열심히 살아왔던 것이다. 하지만 지금 남은 것은 아무 것도 없었다. 재산도 돈도 모두 아내에게 빼앗기고 남은 것은 마음의 상처뿐이었다.

"그래요, 다 잊고 싶어요. 오늘만큼은 내가 장애인이라는 사실까지 다 잊고 싶어요."
"아영이는 장애인이 아니야, 결코. 누가 선녀(仙女)를 보고 장애인이래?"

진호는 이기적이고 편협한 정신적 장애인은 아영이가 아닌 이혼한 자신의 아내라고 생각하였다.

자동차는 어느새 이름 모를 모텔의 주차장으로 들어가 버렸다. 서로의 의사를 묻지도 않았지만 거부하지도 않았다. 배정받은 방으로 들어가서 커피를 한 잔 마셨다. 커튼을 열어젖히니 한강이 희미하게 보였다. 그 앞으로는 드물지 않게 자동차의 헤드라이트가 지나가는 세월처럼 빠른 속도로 움직이고 있었다.

침대 근처의 탁자 옆에서 아영이와 마주 보며 빗겨 앉으니 서로의 눈길이 부딪혔다. 한동안 서로 말이 없었다. 하지만 심심하지는 않았다. 마음속으로 각자 상대방의 마음을 읽고 있었기 때문이었다. 진호는 천천히 아영에게 얼굴을 내밀며 가까이 갔다. 점점 더 가까이…. 상대의 가느다란 숨결 소리마저 들리기 시작하였다. 서로의 입술이 맞닿을 듯 좁혀 오자 아영은 모든 것을 진호에게 맡기며 살며시 눈을 감았다. 드디어 맞닿는 순간, 찰떡같은 상대의 사랑스런 온기가 거침없이 밀려들었다.

태어나서 32년 만에 처음 마주치는 한 남성의 입술! 이 순간을 맞이하기 위하여 얼마나 길고 긴 인내의 시간을 견디어왔단 말인가! 평생 자기에게는 찾아올 것 같지 않았던 이 설레는 접촉의 순간, 자신도 모르게 환희를 느끼며 숨소리조차 조심스럽게 받아들여졌다. 누가 가르쳐주지도 않았지만 가슴을 열고 양팔을 올려 진호의 목덜미를 꼬옥 감싸 안았다. 시간이 갈수록 숨은 거칠어지고 두근거리는 가슴의 고동은 커져만 갔다.

어느 순간, 신기루 같은 상상의 무지개가 걷히며 입술이 떨어졌다. 그러나 다시 부딪히는 애원의 눈빛, 또다시 입술은 포개지고 새로운 무아지경의 시간 속으로 깊이깊이 빨려 들어가고 말았다. 가장 아름답고 행복한 공주는 동화 속에 있는 것이 아니었다. 바로 이 모텔 방, 진호 앞에서 설레는 마음으로 앉아 있는 자기 자신이라고 아영은 생각하였다. 자신은 결코 장애인이 아니라, 한 남성의 뜨거운 사랑을 받고 있는 한 여성일 뿐이었다.

아영에게서 뿜어대는 살 냄새는 이혼한 아내와 전혀 달랐다. 진하지 않은 옅은 화장의 얼굴, 순진하도록 은은한 머릿속 향기에 진호는 자신도 모르게 도취되고 말았다.

셀 수없는 시간이 지나고 다시 떨어져 나간 아영의 입술은 달콤했던 여운을 참지 못하고 진호의 가슴에 깊숙이 파묻혀 버렸다. 긴장이 가라앉을 무렵, 진호는 욕실에 들어가 먼저 샤워를 한

후 아영의 옷을 벗겼다. 따듯한 물로 샤워를 시키면서 숨겨졌던 속살을 보니 피부가 붉고 무척이나 고왔다. 앙상한 두 다리는 불쌍해 보였지만, 행여 상처라도 받을까 두려워 아무 말도 하지 않았다.

샤워가 끝난 후 침대 위에 이불을 덮고 나란히 누웠으나 잠이 올 리 없었다. 진호는 오른손으로 팔베개를 해 주고 왼손으로는 그녀의 부드러운 젖가슴에 올려놓았다. 뛰는 숨결이 느껴졌다. 진호는 아영이가 무슨 생각을 하고 있을까 자못 궁금하였다.

가슴 위에 올려진 왼손에서 선녀(仙女)의 체온을 느끼고는 천천히 아래로 미끄러져 갔다. 허리 아래에 도달했을 무렵 선녀의 몸은 굳어지기 시작하였다. 숨소리도 들리지 않았다. 폭풍의 전야처럼 적막감이 돌았다. 왼손은 오대륙에 산재한 미개척지를 탐험하며 온갖 진귀한 음식을 맛보듯 사방의 굴곡에 기웃거렸다. 그러다가 예고된 운명의 길을 다시 찾았다.

조심스럽던 진호의 손에서 이성이 흔들렸다. 선녀의 처녀림을 헤치고 리비도(libido)의 옥샘(玉泉)에 다다르자 뜨거운 몸에서는 순간적으로 짧은 경련이 일었다. 리비도(libido)와 타나토스(thanatos)가 연합하여 마지막 남은 사회적 금기를 박멸하는 역사적인 순간이었다. 이제 타나토스(thanatos)가 베푸는 최소한의 절차만 있을 뿐 어떠한 도덕률이나 경건주의도 존재할 수가 없었다. 짓궂어진 손가락이 샘을 톡! 건드리자 놀란 선녀의 몸은 움찔하였다. 입에서는 멎었던 호흡이 터지며 리비도의 작은 탄성이 일었다.

거칠어진 손놀림이 거듭될수록 촉촉하던 샘은 어느새 홍수를 만난 것처럼 솟구치며 넘쳐흐르기 시작하였다. 대지가 젖었고 희롱을 일삼던 손까지 흠씬 젖었다. 선녀의 숨결도 점진적으로 거칠어져만 갔다. 더 이상 인내의 한계를 느낀 듯 온몸을 비틀려고 애를 써 보았다. 간헐적으로 일어나는 신비로운 전율의 진동은 뜨거운 혈액의 압력을 한 단계씩 올려놓고 있었다. 아영의 오른손은 흠뻑 젖어버린 진호의 손등을 힘차게 잡아당기며 치를 떨었다. 목 타는 갈증에 단비를 요구하듯, 다시 선녀의 두 팔은 진호의 목을 휘감으며 애원하듯 거친 신음소리를 토해내고 말았다.

"참을 수 없어!"

서로의 입술이 포개지며 진호의 몸은 순식간에 아영의 위로 올라가 모든 것을 덮어 버렸다. 타나토스를 앞세우며 단단하게 무장한 리비도는 무서운 기세로 돌진함으로써 질려 있던 공포와 편견을 철저하게 파괴하였다. 여기 방향의 갈피를 못 잡는 순간순간에는 미래에 대한 잡스러운 걱정도, 과거에 쌓여온 후회도 아무것도 존재할 수 없었다. 남아 있는 것은 오로지 미치도록 고통스러우며, 어지럽기 짝이 없는 비상(飛上)하는 희열뿐이었다.

아영은 숨을 크게 들이키며 백기를 높이 들어 터질듯 벅찬 마음으로 점령군을 받아들였다. 드디어 32년 만에 존재의 이유가 규명되는 참으로 감격스럽고 성스러운 순간이었다. 여기 이 시간 어디에도 장애인은 존재하지 않았다. 이러한 엄연한 사실이 명명백백하게 증명되는 정의로운 순간이기도 하였다.

높이를 알 수 없는 가혹하도록 고통스런 시간들, 드디어 한참을 헤매던 암흑세계에 영광과 축복을 깨우치는 리비도의 샴페인이 힘차게 터져 나왔다. 황홀하게 쏟아지는 리비도의 물줄기를 흠뻑 받아들이고는, 섬광의 빛을 발하며 장렬히 산화해 가는 본능의 슬픔을 다시 한번 숨죽이며 감싸 안고 말았다.

이제 선녀 '류아영'은 지상에 존재하는 여성으로서의 마지막 권리인 리비도(libido)의 옥샘(玉泉) 마조히즘(Masochism)마저 체험함으로써 진정한 인간 '류아영'으로 당당하게 다시 탄생되었다. 방망이 치던 가슴이 진정되고 후희(後戱)마저 모두 끝났다. 아영의 얼굴에는 이유를 알 수 없는 두 줄기의 눈물이 주르르 흘러내렸다. 아마도 태초에 하늘이 열려 처음으로 신비로운 환희를 경험한 한 여성의 가장 큰 감동적 카타르시스였으리라.

얼마나 지났을까, 해파리처럼 늘어진 진호는 머리 아래 받혀주었던 팔베개를 빼면서 조용히 잠이 들었다. 하지만 아영은 잠은커녕 산뜻할 정도로 점점 정신이 맑아져 갔다. 창밖에서는 강변을 달리는 자동차 소리가 시끄럽게 들려왔다. 시간은 아침을 향해 새벽의 여명을 깨트리며 부지런히 나아가고 있었다. 천정을 바라보는 아영의 머릿속에는 어제 밤부터 지금까지의 모든 과정이 필름처럼 펼쳐지며 지나갔다.

　두 귓가로 떨어지는 의미 있는 눈물은 베개를 흥건히 적시고도 그칠 줄을 몰랐다. 창밖의 어둠이 걷히고는 또다시 시간이 지났다. 눈부신 새 세상 아침의 햇살이 창문을 넘어 방 안 구석구석을 밝혀 주고 있었다.

제3부

눈물 없이는 볼 수 없는 이야기!

천형(天刑)

11. 흔들리는 여심

 아영은 여태껏 아무리 진호가 그립고 보고 싶었어도 진호에게 전화 한 번 한 적이 없었다. 전화하는 것을 싫어하는 것 같았기 때문이었다. 하지만 어쩐지 이제는 전화를 해도 될 것만 같았다.
 이렇듯 32년 만의 아영의 일탈(逸脫)은 자신의 생활 분위기와 사고방식을 180도로 크게 바꾸어 놓은 것이었다. 남들이 알던 모르던 간에 이제 자신은 속된 말로 숫처녀는 아니었기 때문이었다. 자신은 인생 중에서 너무나 지독한 쓴맛을 보면서 살아왔지만, 이제 단맛도 본 사람이었다. 여자의 인생에 있어서 이보다 더 단맛이 어디 있으랴. 아영은 그날을 '제2 생일날'로 명명하였다.
 그래서 그런지 복지원 원생들은 간혹 좋은 일이 있느냐고 묻기도 했다. 오빠의 그날 행동과 표정을 생각할 때마다 자신도 모르게 미소가 나왔기 때문이었다. '제2 생일날' 이후 3일 째 되는 날 **아영**은 용기를 내어 처음 전화를 걸었다.

"여보세요."
"오~빠, 저예요, 아영이."
"어, 그래. 무슨 일 있어?"
"아니, 그냥 목소리가 듣고 싶었어요."
"며칠 있다 들릴게. 좀 바쁜 일이 있어."
"네, 그럼 끊을게. 또 봐요, 오빠."
"그래."

분위가가 바뀐 자신과는 달리 오빠는 변함없이 무뚝뚝하기만 하였다. 큰 기대를 한 것은 아니더라도 조금은 쑥스럽고 실망스러웠다. 하지만 날짜가 며칠 지났음에도 '제2 생일날' 밤의 기억은 자꾸만 머릿속을 맴돌았다. 그 다음 날 아영은 일기에 자신의 느낌을 다음과 같이 시적으로 적어 놓았다. 그리고 시간이 날 때마다 아영은 이를 꺼내어 읽고 또 읽었다.

"찰나도 예견 못할 두려운 새벽
고요한 어둠이 서서히 걷히면서
먼 하늘, 찬란히 비치는 감동적 광채

순결한 마음을 바라보듯
밝아오는 천지는 태초를 말한다.

지나던 바람마저 숨이 멎으며
가슴은 맥박 치듯 힘차게 벅차오르고
아!
눈물겨운 감격, 견딜 수 없는 기쁨

인간만이 느끼는 아름다운 착각이었다."

 아영은 이 시의 제목을 〈환희(歡喜)〉라고 붙였다. 진호 오빠를 만나면 선물로 주려고 마음먹었다. 아영은 오빠가 이 시를 읽었을 때 어떤 표정일까? 하고 생각하니 웃음이 절로 나왔다. 하지만 기대와 달리 오빠는 오지 않았다. 날이 더워지자 난방용으로 가스를 거의 쓰지 않는 관계로 가스가 아직 많이 남아 있어 주문도 할 수 없었다. 그렇다고 무뚝뚝한 오빠에게 다시 전화를 한다는 것도 망설여졌다.
 아영의 표정은 시간이 흐르면서 또다시 어두워지기 시작하였다. 그리고 보니 참을성이 옛날보다 많이 약해졌다는 생각도 들었다. 마음에 안 드는 일이 발생할 때에는 짜증도 부렸다. 점차적으로 오빠한테 서운한 감정마저 들기 시작하였다.
 결국 진호 오빠는 '제2 생일날' 이후 보름 만에 가스를 배달하기 위하여 들렀으나 아영에게 대하는 태도는 '제2 생일날' 이전이나

별반 다름없었다. 뭐가 그리 바쁜지 그저 커피 한 잔 마시고는 안부 한 번 묻는 정도였다. 아영은 진호 오빠에게 주려던 자작시 종이를 가지고 있었지만 건네주지는 않았다. 오빠의 무뚝뚝한 태도로 인하여 다정한 분위기도 아니었지만, 자신의 마음을 전해주고 싶은 그런 기분도 아니었기 때문이었다.

'제2 생일날' 이후 처음으로 오빠가 다녀간 날 밤, 아영은 시를 박박 찢어버렸다. 그리고 다시 썼다. 제목은 조금 자극적으로 〈짓밟힌 약속〉이라 했다. 그런 다음 이 시를 프린트하여 편지 봉투에 넣었다. 오빠가 다시 들른다면 일 보고 돌아갈 때 그 봉투를 슬그머니 전해주겠다고 마음먹었다.

"그 찬란했던 무지개
오색을 뛰어넘는 헤아릴 수 없는 조화
겹마다 빛나는 신비로운 채색들…

마음 설레며 바라보던 미래는
층층이 뻗어 간 상상을 떠다니면서
나는 진정 기다리고 기다렸었소

하지만, 날은 저물어 하늘에 숨어 버린 채
사라져 버린 허망한 우리들의 신기루

노을 속 무지개는 흔적이 없고
붉은 하늘만 참 아름다웠소"

그러면서 하늘을 바라보고는 자신도 모르게 한숨을 쉬었다. 신문과 소설, TV 드라마 등에서도 그러하였지만 다른 형제(이곳에서는 같은 원생들을 '형제'라 불렀다.)에게 주워들은 이야기에 의하면, 요즘 시대의 젊은 사람들은 성관계를 정신적 사랑에 대한 약속의 증표로 생각하기보다는, 무료한 삶 속에서 육체를 즐기고자 하는 오락의 한 가지 정도로 간주한다고 하였다. 때문에 요즘의 남자들과 여자들은 쉽게 만나고 쉽게 헤어진다고 했다. 바로 진호 오빠도 사랑의 마음은 없고 육체적 즐거움만 있는 그런 것이 아니었나 하는 생각이 들었다. 그런데도 자신은 '제2 생일날' 사건을 무의식적으로 사랑에 대한 약속의 증표로 생각하고 있는 것이었다.

오빠는 또다시 열흘이 지나고도 나타나기는커녕 소식조차 없다. 참다못해 처음으로 핸드폰 메시지를 보냈다.

"오빠, 요즘도 바쁜가 보네요."

그러나 저녁때까지 기다려도 답변은 없었다. 이제는 배신감마저 들었다. 그날 밤 늦어서야 가스 배달을 왔지만 역시 무뚝뚝하게 커피 한 잔 마시고는 심각한 표정을 지으며 돌아가고 말았다.

밤이 깊어지면서 이제는 슬퍼졌다. 생각할수록 절망적이기까지 하였다. 날이 갈수록 두 어깨의 기운이 빠져갔다. 이제 왼쪽의 손목은 힘을 주기도 어려워졌다. 몸이 옛날보다 더욱 빨리 굳어지고 있는 것이었다. 컴퓨터에서 타자를 칠 때에도 왼손은 Ctrl key와 Shift key를 누르는 정도였다. 그것도 책상 위에 어깨 받침대를 놓아야 만 할 수 있었다. 그렇다고 오른손이라도 원활하게 쓰는 것도 아니었다. 이젠 두 문자를 동시에 누르는 것은 거의 불가능하였다. 완전한 독수리타법만이 가능한 정도였다.

그렇게 시간이 흘러 어느덧 두 달이 넘었다. 장마철이 되어 날마다 비가 내렸다. 전에 써 놓았던 〈짓밟힌 약속〉이라 자작시를 꺼내 읽어보았다. 그리고는 혼잣말로 중얼거렸다.

'나 혼자만의 신기루였어. 비 내리는 지금의 하늘은 결코 아름답지가 않아.'

자판(字板)에도 빗방울처럼 한두 방울씩 눈물이 떨어졌다. 아영은 느릿느릿한 솜씨로 한 자씩 한 자씩 타자를 쳐 나아갔다. 먼저, 제목을 〈후회〉라고 쳤다. 타자는 계속 이어졌다.

"그날 밤,
달빛은 구름에 싸인 채
온 세상이 꽃밭으로 변해 가고 있었지요.

황홀한 축복을 느끼면서….

어두운 하늘,
흐르는 강물이 암시하는 의미도 모른 채
착각하며 환상의 세계로 달려만 가고 있었답니다.

타부(taboo)!

저주받은 운명은,
들뜬 마음으로 거리를 방황하면서
헤어날 수 없는 늪으로 깊이깊이 빠져 들고 있었답니다."

아영은 철쭉꽃을 가슴에 안고 경부고속도로와 올림픽 대로를 달리던 생각을 하고 또 하였다. 다시 오빠가 웃옷을 벗어 자신의 어깨를 덮어주던 일을 기억하며 '당시는 참으로 여성을 배려하는 다정한 오빠였다.'라고 생각을 해 보았다. 강가에 앉아 시를 읊으며 대화를 주고받고는, 시내를 돌다 노래방에 들러 '내 몫까지 살아 줘'라는 노래를 불러주었던 오빠. 그러나 지금 오빠는 변해 있었다. 아니 엄밀히 이야기해서 원점으로 돌아왔다고 보는 것이 더 옳을지도 몰랐다. 정말 오빠를 믿었던 자신이 후회스러웠다. 아영은 계속 타자를 쳤다.

"반짝이는 눈빛이
서로의 시선에 부딪힐 때마다
목 타는 갈증, 줄기차게 단비를 뿌리고
힘찬 날개 퍼덕이며 높이 하늘을 날면서
천국은 환생으로, 환생은 또다시 천국으로…"

아영은 더 이상 쓰지 못하고 고개를 숙여 책상에 얼굴을 떨어뜨렸다.
"천국은 환생으로, 환생은 또다시 천국으로…", "천국은 환생으로, 환생은 또다시 천국으로…", "천국은 환생으로, 환생은 또다시 천국으로…"
인기척이 있어 살며시 고개를 들고 뒤를 보니 장애인 활동 보조 도우미 정 언니가 뒤에 서서 모니터를 들여다보고 있었다.

"안 주무셨어요?"
"나도 잠이 안 와서…, 충격이 크겠지만, 너무 슬퍼하지 마. 건강을 생각해야지."

정 언니는 아영의 어깨를 부드럽게 두드려 주고는 다시 방으로 들어갔다. 그러나 누구의 어떠한 말도 지금 자신에게는 위로가 되지 않는다고 생각하였다. 멈추었던 타자는 또다시 또박또박 속도를 내기 시작하였다.

"어둠이 끝나,
천지가 걷히면서 멀었던 눈이 뜨이니
사나운 바람마다 절규하는 가슴 속을 사정없이 파고드는데
그때마다 사무치게 밀려드는 노을 져 간 향수
한참을 헤매는 번뇌의 시간, 시간들….”

밖에서는 빗방울이 굵어지면서 바람까지 휘몰아쳤다. 물을 끼 얹듯 유리창에 빗방울이 부딪히며 시끄러운 소리를 내었다. 곧이어 세상을 부숴버리기라도 하듯 천둥과 번개가 번갈아가며 대지를 흔 들고 천지를 환하게 밝히곤 하였다. 타자는 멈추지 않았다.

"분노한 하늘마저 소낙비를 퍼붓고
야위어 가는 병든 몸은 외로움에 찔리며 몸서리칠 때
못난 내 마음은 날이 가면 갈수록
싸늘히 식어 가는 공허한 가슴을 채우지 못한 채
메아리도 없는 황량한 벌판에다 소리치며 울부짖었습니다.

때늦은 후회
나는 결코 용서 받지 못하리라.
씻겨지지 않는 때 묻은 손으로 하늘에 빌며
지울 수 없는 흔적, 통한을 회상합니다.

하지만 뉘우쳐도 좀처럼 사라지지 않는
그토록 선명한 지난날들의 발자국은
어찌하면 좋단 말입니까?

잔인하게 긴 어둠의 날들…"

타자를 마친 아영은 밀려드는 서러움에 어깨를 들먹이며 결국 울음을 터트리고 말았다. 모두가 잠든 밤, 통곡하는 소리는 고요하기만 하던 실내의 어둠 속으로 구성지게 울려 퍼졌다. 소리가 문틈을 통하여 밖으로 새어나가자, 뜰에서 바람에 흔들리고 있던 화초들마저 슬프도록 흐느끼는 것만 같았다.

12. 저 높은 곳을 향하여

　장마가 그치면서 폭염의 열대야가 극성을 부렸다. 아영도 잠 못 들어 날밤을 새우다가 새벽 예배 시간을 맞이하였다. 뜻 모를 부원장 할머니의 기도 소리는 갈수록 울먹이고 있었다.

　"이제, 생사고락을 같이하며 정을 쌓아왔던 우리의 형제들은 헤어져야 할 때가 되었습니다. 해가 떴어도 우리의 눈앞은 암흑이요, 여름이 왔어도 헐벗은 우리들의 앞길에는 고난의 눈보라가 휘몰아치고 있습니다. 절망과 도탄에 빠져있는 이들에게 주 예수께서 길을 안내하여 주시옵소서."

　뭔가 사태의 중함을 느낀 여러 형제들 중 일부는 소리 내어 흐느끼기 시작하였다. 어린아이 같은 영철이도 영문을 모른 채 분위기에 눌려 엉엉 따라 울었다. 이별을 고하는 안타까운 기도는 계속되었다.

"하나님 아버지!

길거리에서는 약자들의 권리를 앞세워 촛불을 들고는, 아파트로 들어와서는 장애인 시설이 혐오시설이라며 아파트값 유지를 위해 길을 막는 저들을 뉘우치게 하여 주시옵소서. 횡령과 착취가 판을 치는 사회복지원의 실태는 잔인한 바늘로 물고기의 입을 꿰고 나서 비린내가 채 가시기도 전에 자연 보호를 부르짖는 파렴치한 낚시꾼들의 행태와 조금도 다르지 않습니다. 그들은 감추어진 물질욕과 위장된 눈물은 있으되 뜨거운 가슴과 진실한 사랑은 가질 수는 없는 마귀들이었습니다.

우리 하나님의 이 평택 KR 사회복지원은 간교한 마귀들의 꼬임에 빠진 몇몇 사람들의 횡령으로 인하여 더 이상 운영할 여력이 없어졌지만, 우리의 착하고 어린 양들은 누구도 결코 원망하지 아니하였습니다.

아버지 하나님!

우리 불쌍한 양들을 어서 굽어 살피시어서 하루빨리 덥거나 춥거나 안심하게 거처할 곳을 마련해 주시옵고, 굶주림에 언제든지 허기를 채울 수 있는 일용할 양식을 내려 주시옵소서.

거동할 수 없는 이들에게 살아갈 희망과 용기로 힘껏 밀어주시옵고, 죽음과 다름없는 삶의 고통에 신음하며 병마와 싸우고 있는 이들을 따듯하게 어루만져 주시옵소서. 우리는 이 어려운 이산의 아픔을 이겨내고, 언젠가 다시 만나 따듯한 형제의 정을 나눌 그날을 굳게 믿고 있습니다.

복되고 영광된 우리의 그날을 위하여, 주 예수 그리스도 이름으로 간절히 기도하옵나이다. 아멘."

"아멘~"

기도를 마치고 할머니가 선창하여 찬송가를 부르자 모두 입을 크게 벌려 합창하며 따라 불렀다.

"저 높은 곳~을 향하여 / 날마다 나아갑니다.
내 뜻과 정~성 모두어 / 날마다 기도합니다.
내 주여 내~ 발 붙드사 / 그곳에 서게 하소서
그곳은 빛~과 사랑이 / 언제나 넘치옵~니~다.

괴롬과 죄~가 있는 곳 / 나 비록 여기 살아도
빛나고 높~은 저곳을 / 날마다 바라봅니다.
내 주여 내~ 발 붙드사 /그곳에 서게 하소서.
그곳은 빛~과 사랑이 / 언제나 넘치옵~니~다."

모두 엄숙하고 경건한 마음으로 예배를 마치고 세수를 한 다음 아침 식사를 시작하였다. 식사를 하던 중 한 사람이 물었다.

"할머니, 이곳 어떻게 돼요?"

"지금부터 내가 하는 말 모두 잘 들어야 한다. 이 복지원은 이달 말에 문을 닫는다. 파산한 거야. 앞으로 보름 안에 모두 각자 다른 곳으로 옮겨야 해. 그때부턴 전기와 수도도 끊기고, 아파트 쪽으로 나가는 모든 길들은 봉쇄될 거야."

이때 숟가락을 들던 아영이가 갑자기 울컥거리는 속을 참으려고 급히 입을 막고 돌아섰다. 깜짝 놀란 사람들이 모두 쳐다보았다. 아영은 쑥스러운 표정으로 슬그머니 뒤로 물러났다.

"속이 안 좋아요. 어제도 먹은 거 별로 없는데…."

할머니와 정 언니는 아영이가 임신을 하였음을 눈치채었다. 할머니가 눈짓을 하자 정 언니가 아영의 휠체어를 밀며 방으로 들어갔다. 아영도 어린애가 아닌지라 모를 리 없었다. 아영은 하늘이 무너지는 것처럼 앞이 캄캄하였다. 기뻐야 할 일이 도리어 태산 같은 걱정을 만들고 있는 것이었다.

그러나 한편으로는 자신이 임신을 하여 자신의 피를 받은 새 생명이 배 속에서 자라나고 있다고 생각하니 신기하기만 하였다. 누가 뭐라고 생각하던 하나님의 은혜로운 뜻이었다. 하반신 마비 중증 지체장애자인 자신도 임신을 하여 아이를 낳을 수 있다니!

"여기서 조금 쉬었다가 안정되면 식사를 해. 임신을 축하해."

정 언니는 웃으며 축하한다고 말했지만, 아영의 고생스러울 미래를 측은하게 생각하는 마음은 감출 수가 없었다.

"진호는 소식 없어?"
"네, 없어요."
"진호 연락되거든 병원에 한 번 가 봐. 꼭 같이 가야 해, 알았지?"

정 언니의 이야기가 중절 수술을 받으라는 뜻이었음을 아영은 짐작하였다. 하지만 아영은 결코 그럴 수는 없었다. 입술을 깨물며 속으로 다짐하였다.

'꼭 낳아야 해. 나도 충분히 낳을 수 있다구. 아이를 안아 줄 오른팔에 아직 힘이 남아 있잖아. 우리 아기는 누구보다 예쁠 거야. 할머니도 나와 우리 아기를 위해 기도해 주시겠지. 하나님은 이 모든 것을 알고 계시거든. 안 그래, 아가야?'

아영은 자신의 아랫배를 내려다보며 두려움과 감격이 혼합된 묘한 눈물을 뚝 뚝 떨어뜨렸다. 이때 문밖에서 자동차 소리가 났다. 가스를 주문하지도 않았는데 웬일인가? 하고 밖을 내다보니, 뜻밖에도 진호 오빠였다.

아영은 흘리던 눈물을 감추려 손등으로 닦아내었지만 진호와 눈이 마주치자 도로 흠뻑 젖고 말았다. 어린아이처럼 창피도 잊은 채 엉엉 소리 내어 울어버리고 말았다.

"울지 마. 이곳 문 닫는다면서? 걱정되어 왔어."
"응? 어떻게 알았어, 오빠?"
"지역 신문에서 봤지. 그래서 아영이 데리고 갈 방까지 얻어 놓았어."
"저… 정, 정말? 아니 세상에! 어디예요?"
"사무실에서 가까운 곳으로 얻었지. 용인시 이동면 '어비리'라고, 마을 앞에는 저수지도 있지. 어비저수지… 경치도 괜찮아. 이사 갈 준비하고 기다려."

너무나도 반가운 소식이었는지 옆에서 듣고 있던 정 언니마저 함께 기쁨의 눈물을 흘리고 말았다. 아영은 지금까지의 원망과 후회와 그 모든 서러움이 한꺼번에 날아가는 듯하였다.

정 언니가 진호에게 말했다.

"진호 씨, 아영에게 기쁜 소식이 있어요."

"네? 기쁜 소식이라니요?"

"직접 물어보세요. 축하해요. 그리고 한턱 단단히 내셔야 해요."

13. 이상한 저수지

　신방은 많은 개조가 필요하였다. 우선 남편 진호가 없을 경우, 아내 아영이 혼자서도 생활을 할 수 있어야 하므로 그런 형편에 맞게 공사를 하고 살림살이들을 배치하였다. 화장실 문과 주방 싱크대 등 모든 것은 휠체어에서 앉아있는 높이를 감안하여 다시 조정하였다.
　이사 하는 날 진호는 아영을 데려오기 위해 복지원으로 달려갔다. 차를 한 잔 마신 후 짐을 실었다. 이삿짐이라야 컴퓨터를 제외하고는 간단한 소지품 정도였으므로 경승용차 한 대뿐인데도 충분하였다. 마지막으로 실내를 둘러본 아영이와 진호가 문밖으로 나서려하자 복지원 형제들이 모두 나와 석별의 정이란 노래를 합창하며 불러주었다.
　노래가 이어지는 가운데 뒤에서 진호가 밀어주는 휠체어 위에서 아영이는 할머니와 정 언니, 그리고 정다웠던 형제들과 일일이 눈물을 흘리며 이별의 악수를 하였다. 그들은 떠나가는 아영이와 진호의 행복을 빌며 눈물과 박수로 환송해 주었다. 그중에서도 영철이가 가장 슬피 울었다. 아영이는 승용차에 올라타고서도 흔들던 손을 놓을 줄 몰랐다.

"사랑하는 형제들아. 아무리 삶이 고통스러워도 태어난 것을 탓하지 말자꾸나. 어디 간들 그대들을 잊으리. 비바람이 거세어도 희망차게 살아다오. 꼭 살아다오."

복지원을 나온 아영과 진호는 용인시 이동면 어비리의 셋집에 도착하기 전 저수지 옆을 달렸다.

"여기가 우리 동네? 저기 구경 좀 하고 가요. 그때 그 한강 같아요."

아영은 '제2의 생일날'을 상상하였다. 자신의 모든 것을 진호에게 바치며 다시 태어나던 그날을….

"나 죽으면 화장해서 여기에 뿌려주면 되겠다. 경치가 너무 아름다워."

아영은 저수지를 바라보며 혼잣말처럼 중얼거렸다.

"그런 소리 자꾸 하면 안 돼. 이제는 나 혼자 살 수 없어. 아영이와 나는 이제 부부라구. 일심동체야."

두 사람은 셋집에 도착하여 짐을 풀었다. 첫날밤, 진호의 품에 안긴 아영은 진호를 원망했던 일을 후회하며 용서를 빌었다. 그리고 행복에 겨운 눈물로 진호의 가슴을 적시며 '여보'라는 이름으로 불러보았다.

"여보, 당신의 예쁜 아기를 낳게 되면 잘 키울 게요. 그땐 지수와 선아도 데려올 수 있었으면 좋겠어요."

진호도 아영에게 '당신'이라고 불러주었다.

"그래, 정말 고마워. 당신은 하늘이 내려준 착한 여자야. 이혼한 아내는 이사 간 다음 즉시 재혼을 했더군. 아이들이 걱정이야. 그 문제 때문에 지금까지 연락을 자주 못 했었거든."

복지원 생활을 청산한 후 새 살림을 시작하고 나서부터는 또다시 생활이 바뀌어야만 했다. 마을에는 친구도 없었고 따라서 찾아오는 사람도 없었다. 남편이 직장을 나간 다음부터는 휠체어를 밀어줄 사람조차 없었다. 물론 필요한 경우 장애인 활동 보조인 도우미를 신청하면 가능은 하였다. 하지만 어쩌다가 그때그때 짧은 순간마다 필요한데도 그 짧은 시간을 위해 하루 종일 대기시킬 수는 없는 일이었다. 1급이 아닌 2급 장애인으로선 비용도 무시할 수 없었다. 따라서 꼭 필요한 경우가 아니면 불편하더라도 대부분의 일을 혼자 처리하여야만 하였다.

그러나 가장 문제가 되는 것은 고독이었다. 좁은 방 안에서 생활한다는 것은 감옥 생활보다도 고통스러웠다. 그렇게 몇 달을 지내다 보니 배는 점점 불러만 갔고, 그에 비례하여 몸은 더욱 약해지는 것 같았다. 처음엔 임신 때문이려니 했으나 차츰 팔이 굳어지는 것이 수상하였다. 가을이 지나 겨울이 되자 추위 때문인지 더욱 심해지는 것만 같았다. 이제는 양치질하기도 너무나 힘이 버거웠다.

하루 날짜를 잡아 남편이 출근한 사이 활동 보조 도우미를 신청하여 함께 병원을 찾아갔다. 임신 상태부터 시작하여 몇 가지 진찰을 마친 후 의사가 물었다.

"언제부터 왼팔이 불편했나요?"
"한 10개월쯤 되었습니다."
"남편은 알고 계신가요?"
"몰라요. 이야기하지 않았거든요."
"저기…. 증상이 '경추척추관협착증'이라고 하는데…."

"그게 무슨 병인가요?"

"네, 서서히 팔과 다리에 힘이 빠지고 나중에는 몸을 전혀 움직이지 못하게 되는 질환입니다."

"치료 방법은 없나요?"

"어렵지요. 하지만 치료는 해 봐야 하는데…. 근데…."

"그런데요? 뭐가 문제죠?"

"그런데, 임신한 경우 약물 투여도 어렵고 수술 또한…."

"병이 금방 악화되나요?"

"지금 상태로 봐선 그렇지는 않아요. 하지만 서서히 악화될 겁니다. 결국에 가서는 팔도 움직일 수가 없게 되겠지요."

"아기를 낳은 후 치료하면 되지 않을까요?"

"물론 그렇지만, 현재 몸 상태가 아기를 낳기에 적절치 않은 것이 문제입니다. 몸이 너무 약하거든요. 아기의 발육도 약간…."

아영은 눈앞이 캄캄하였다.

"이런 경우, 보통 중절을 권하게 됩니다."

"네? 중절이라니요? 그건 절대 안 돼요!"

아영은 자신도 모르게 소리를 질렀다.

"죄송합니다. 하지만 아기를 위해 내가 죽을 수는 있어도, 나를 위해 아기를 죽일 수는 없어요. 그건 상상할 수도 없는 일이예요. 흑흑….”

"하여튼 계속 살펴봅시다. 하지만 자주 오셔서 검진을 받으셔야 합니다."

아영의 뜻이 너무나 단호하여 의사도 어쩔 줄을 몰랐다. 집으로 돌아온 아영은 깊은 고민에 빠졌다. 그리고 하늘이 의심스러웠다.

'사랑하는 하나님! 어찌하여 이렇게 어려운 시련을 주시나이까? 하나님은 지금도 저를 굽어살피시는지요? 우리 아기를 보살펴 주시옵소서. 아기를 낳을 힘과 용기를 주시옵소서.'

그러나 남편에게는 그러한 이야기를 차마 할 수가 없었다. 틀림없이 중절 수술을 받으라고 할 것이기 때문이었다. 그날 밤 아영은 잠자리에 누운 남편의 가슴에 손을 얹고는 조심스럽게 물었다.

"여보. 만약 내가 죽어도 당신은 우리 아기 잘 키울 수 있을까요?"

"무슨 쓸데없는 소리야. 그런 소리 하면 하나님이 노하신다구. 당신과 아기는 하나님이 주신 거라구. 알아?"

"그래요. 우린 하나님의 뜻으로 맺어진 거예요. 그렇지 않으면 당신처럼 멋진 남자가 어떻게 나 같은 중증장애인과…, 우리가 아기 낳고 행복하게 살면 그건 죽음과 같은 나날을 고통스럽게 하루하루 살아가는 장애인들에게 큰 힘이 될 거예요. 우린 꼭 행복하게 살아야 해요."

"그래 이제 아기 낳을 때까지 한 달밖에 남았어. 돈 열심히 벌어서 당신 행복하게 해 줄게. 꼭~. 참 내일 일요일이니까 같이 오산에 갔다 올까? 좀 큰 마트에 가서 아기 옷하고 몇 가지 물건 좀 사야 하니까."

"오! 그래요, 사실은 너무 늦었거든요. 목록은 대충 적어 놓은 게 있어요."

다음 날 모처럼 오산에 있는 유명 대형마트에 갔다. 아영이 미리 적어 놓았던 물품들을 대충 챙기고 보니 짐이 꽤 많았다. 배냇저고리 몇 벌, 속싸개 3장, 겉싸개, 욕조, 젖병 2개, 손수건, 아기 이불 세트, 좁쌀 베개, 짱구 베개, 기저귀 등 무려 20여 가지가 넘었다.

"이제 대충 되었어요. 나중에 봐 가면서 사요."
"참, 유모차가 빠졌군. 유모차는 꼭 필요해."
"우리 차에는 안 들어갈 거예요. 다음에 와서 사도록 해요. 오늘은 그만 가요."

"그래, 다음 주에 다시 한번 나오지 뭐."

"빨랑 가요. 오늘 너무 기분 좋아요. 마치 우리 아기가 울고 있는 것만 같아요."

"그래… 근데…."

"왜요? 뭐 안 좋은 일이라도 있어요?"

"아니, 아무래도 차를 중형차로 사야겠어."

"지금은 안 돼요. 돈 좀 더 번 다음에 사요."

"아기 낳게 되면, 이 차에는 아기 물품을 못 실어. 유모차는 어림도 없구."

"그럼 중고로 사요? 이 차 팔구요."

"중고? 당신하고 아기를 어떻게 중고차에 태워. 할부로 사면 돼. 그리고 좀 더 열심히 벌지 뭐."

"중고면 어때요? 중고 괜찮아요. 요샌 중고차도 10년 미만된 것은 괜찮대요."

"중고라…. 알았어. 생각해 보지."

14. 집요한 운명

"형님, 우리 오후에 잠깐 중고차 시장에 갔다 오죠. 차에 대하여는 형님이 잘 아시잖아요?"

"그래, 뭐 자동차 가지고 이십여 년 사업했는데 자네보다 나을라나 몰라. 하여튼 같이 가 보자구."

두 사람은 오후 한가한 시간을 이용하여 수원에 있는 중고차 매매시장에 갔다. 여기저기 구경을 하다가 'K'라는 상호의 매매상으로 들어가니 영업 사원과 고객 한 분이 상담을 하고 있었다. 진호와 영준은 옆에 서서 상담이 끝날 때를 기다렸다.

5분 정도 기다리니 먼저 상담하던 고객이 인사를 나누고 밖으로 나갔다. 영업 사원이 진호를 보고 명함을 주면서 인사를 하였다.

"어서 오십시오. 무슨 차가 필요하십니까?"

"네, 1800cc 정도의 승용차를 보려구요."

"요즘은 1800cc가 잘 안 나옵니다. 따라서 오래된 차밖에 없습니다. 괜찮은 차 쓰시려면 2000cc는 되어야 할 겁니다. 아마⋯."

"2000cc는 어느 정도 하나요?"

"2000cc로⋯. 5년 된 것 1,200만 원짜리 있습니다. 10만km, 무빵(무사고)입니다. 좋아요."

"생각보다 비싸네요. 한 500만 원 정도 예상하고 왔는데."

"500이면 좀 오래된 거죠. 있습니다. 30만km, 14년 되었군요."

"아. 그래요? 가만있자. 그럼 한 바퀴 구경 좀 하고 다시 오겠습니다."

"그러시죠 뭐. 다녀오세요."

다시 밖으로 나와 조금 걷다 보니 낯익은 사람이 말을 걸면서 다가왔다. 조금 전 'K' 매매상에서 먼저 상담을 나누던 그 사람이었다.

"안녕하세요. 차 사러 오셨습니까?"

"네, 선생님도?"

"아니요, 저는 차를 팔려고 왔습니다. 그런데 5년밖에 안 된 차를 500밖에 안 준다는 군요. 자기네들은 1200 이상 받으면서 말이죠. 그래서 의뢰했다가 취소하고 오는 길입니다. 지금."

"아, 네⋯."

"어때요, 우리 직거래하시면 안 되겠습니까?"

진호는 구미가 당겼다.

"선생님은 얼마나 받으시려는지요? 혹시 대포차는 아니겠죠?"

"아이구, 선생님도. 신분 확실하고 직거래해도 결국은 매매상에서 계약서 써야 합니다. 걱정 마세요. 금액은 일시불 조건으로 650 받겠습니다."

"그래요, 그럼 차를 좀 봅시다."

"저기 팔려고 세워놨습니다. 이제 취소했으니 가지고 가야죠. 직접 몰아보시죠, 뭐."

진호와 영준은 교대로 번갈아가며 시내를 한참 돌아다녀 보았다. 그리고 엔진 상태, 흠집과 계기판, 사고 유무 등을 꼼꼼히 살펴보았으나 차 상태는 무척 좋았다. 진호는 다시 그를 쫓아가 매매상에 들러 계약금과 잔금을 일시불로 치르고 차를 인수하였다. 다음 날 아내를 태우고 오산으로 나와 마트에 들려 장을 보고는 출산 준비 용품 몇 가지를 구입하고 돌아왔다. 아내는 무척 좋다고 하였다.

그러면서 자주 아랫배를 쓰다듬으며 만지작거렸다.

다음 날 출근하여 오전 배달을 마친 다음 사무실로 돌아오니 낯선 남자 두 명이 기다리고 있었다. 그 남자들은 용인경찰서에서 나왔다고 하면서 다짜고짜 데리고 나가 자신들의 차에 태웠다. 거기에는 사장 김영준 씨도 함께 앉아 있었다.

"용인경찰서 이 형삽니다. 최진호 씨 맞죠? 신분증 좀 봅시다."
"네. 여기 있습니다."
"최진호 씨는 조사할 것이 있어 서로 좀 가 주셔야겠습니다. 협조 부탁합니다."
"조사요? 무슨 조사요?"
"차량 취득에 관한 건데 뭐, 잘 되면 곧 나올 수도 있고…. 서로 믿고 수갑도 채우지 않겠습니다."

용인경찰서 형사과에 도착한 일행은 저녁 늦은 시간이 되어서야 조사를 시작하였다. 그러나 진호는 아내에게 경찰서에 잡혀왔다는 이야기는 전하지 못하였다. 자신은 떳떳하므로 곧 나갈 것으로 믿었을 뿐 아니라 임신한 아내가 놀랄 것을 우려하였기 때문이었다.

"도난 차량이라는 것을 모르고 샀다는 이야깁니까?"
"네, 정말 몰랐습니다."

"잡아뗀다고 되는 거 아닙니다. 서로 피곤한데 좋게 이야기할 때 자백하세요."

"뭘 자백하라는 겁니까, 도대체."

"2000cc, 5년 되고 10만km, 무사고 차량이면 1,200만 원 정도가 시세라는 것은 매매상에서 알았지요?"

"네, 1,200 정도 한다고 했습니다."

"그렇다면 터무니없는 가격 650만 원에 판다면 수상하다는 것은 상식적인 것 아니요?"

"물론 싸다고 생각은 했죠. 그렇다고 도난 차량이라고 할 순 없잖아요."

"장난합니까, 지금? 매매상에서 눈짓하고 밖에서 만나 직접 거래한 것은 상식적으로 어떻게 생각할 수 있어요? 말이 안 되잖아요."

"…."

"또 몰랐다 해도 그렇지, 처음 본 사람을 어떻게 믿고 직거래를 하느냐는 겁니다. 아무리 싸다 해도 말이요. 안 그래요? 그렇다면 결과적으로 도난 차량이란 걸 알고서는 짜고 거래했다는 꺼 뻔한 사실 아니요? 형사 생활 하루 이틀 하는 줄 알아요?"

진호가 아무리 부인을 해도 형사는 믿어주지 않았다. 바로 절도 전과가 한 번 있었기 때문이었다. 다음 날 소지품을 압류당한 채 영준과 함께 도난 차량 취득 혐의의 공범으로 구속되고 말았다. 다만

영준은 방조 혐의의 공범으로서 진호에 비해 죄가 중하지 않다는 이유로 구속된 후부터 5일, 체포된 후로부터는 6일 만에 구속 적부심에서 석방되었다.

한편 아영은 밤 11시가 넘었음에도 남편이 들어오지 않자 불안을 느끼기 시작하였다. 시계 바늘이 자정을 넘기자 하는 수 없이 전화를 걸어보았지만 받지를 않아 불안은 가중되었다. 결국 잠을 한 잠도 못자고 꼬빡 세웠다. 다음 날 아침부터 저녁까지 남편과 사장 김영준에게 교대로 전화를 걸어보았지만 역시 받지 않았다. 아예 '전원이 꺼져 있다.'라는 음성 메시지만 들려올 뿐이었다. 하루 종일 아무 것도 할 수 없었고 밥도 먹는 둥 마는 둥 하였다. 그래서 그런지 또다시 밤이 되자 아랫배가 살살 아프기 시작하였다. 소화제 한 알을 먹었지만 아무 소용이 없었다.

밤이 깊어갈수록 배는 점점 더 아파만 갔다. 기운이 없고 머릿속마저 멍해지기 시작하였다. 그런 상태로 밤 12시가 넘을 무렵 본격적으로 강한 통증이 시작되자 태아의 문제라는 사실을 알 수 있었다. 바로 출산 진통이었기 때문이었다. 갈수록 사태는 심각하였다. 기운은 점점 떨어져가고 전화기를 잡은 손은 떨리기만 하였다. 순간 119에 전화를 걸어야겠다는 생각이 뒤늦게 떠올랐다. 하지만 이제는 119에 전화를 하려 해도 번호를 정확하게 누를 수가 없었다. 버튼은 자신의 생각과 달리 자꾸만 빗나갔다. 시야도 흐려졌으며 손가락마저 제대로 말을 듣지 않았기 때문이었다.

아랫배의 통증은 점점 심해지고 양다리 사이에서는 알 수 없는 액체가 흘러내렸다. 양수가 터진 것이었다.

'안 돼. 아기가 다치면 안 돼.'

아영은 말도 잘 듣지 않는 손으로 양다리를 벌려주려고 무진 애를 썼다. 팬티를 벗으려고 노력해 보았지만 휠체어에 의지한 팔에 힘이 없어 엉덩이를 움직일 수 없었다. 하는 수 없이 아영은 오른손으로 더듬더듬 부엌칼을 집어 들었다. 다음 팬티 안쪽으로 칼을 넣고는 힘껏 위로 베어 버렸다. 그러나 손목에 힘이 없어 일부만 찢어지다 말았다. 다시 이를 악물고 있는 힘을 다해 칼질을 하였다. 그러자 다행히 아기를 막고 있던 팬티는 잘라져 버렸다. 하지만 동시에 왼쪽 허벅지까지 깊숙이 베어 버려 정맥까지 함께 끊어지고 말았다. 피가 솟구쳐 올랐다. 동시에 휠체어에 의지하고 있던 왼팔이 힘없이 미끄러지면서 몸이 한쪽으로 삐꺼덕 기울었다. 순간 휠체어와 함께 중심을 잃으면서 왼쪽으로 콰당 넘어졌다. 이때 칼도 함께 떨어지면서 오른쪽 가슴에 꽂혀버렸다. 순간적으로 잠깐 동안 정신을 잃었다가 깨어났다.

"안 돼, 지금 죽으면 안 돼. 아기도 죽잖아."

허벅지의 검붉은 선혈은 방바닥을 흥건히 적시며 넓게 퍼져나가고 있었다. 가슴에 꽂힌 칼을 뽑아내니 하얀 블라우스가 금방 붉은

색으로 변하고 말았다.

아기는 차츰 빠져나오는 것 같았다. 다리를 좀 더 벌려야 했다. 그리고 힘을 주어야 했다. 하지만 하반신 마비의 몸은 말을 듣지 않았다. 다리도 벌릴 수 없었다. 아영은 있는 힘을 다해 어떻게라도 해 보려고 입술까지 깨물며 온몸 감각이 있는 모든 곳에 힘을 주었다. 몸부림을 치면서 애를 쓰다가 소리를 질렀다.

"누구 좀…. 누구… 도와줘요. 아~!"

그러나 시간은 깊은 새벽, 주위에는 쥐도 새도 잠이 들어 있었고 몸의 기운은 점점 소진되어가고 있었다. 마지막 있는 힘을 다해 고개를 들어 희미한 눈으로 아래를 보니 치마에 덥힌 채 핏덩어리 아기의 몸이 많이 빠져나오고 있는 것 같았다. 이제 아기를 받아야 했다. 몸을 오른쪽으로 최대한 기울여 보았다. 그리고 손을 아래로 뻗었다.

"아! 우리 아기야. 내 아기, 불쌍한 내 아기를…."

하지만 아무리 힘을 쓰며 손을 뻗어도 아기에게 미치지는 못하였다. 출혈은 조금도 그칠 줄을 몰랐으며 희미해져 가는 방바닥만 빙글빙글 돌아다녔다.

"여보… 여… 나…"

이제 오른팔의 감각마저 점점 무뎌지기 시작하였다. 앞은 아무 것도 보이지 않았다. 정신은 혼미하고 신음소리가 점점 작아지면서 몸은 늘어지기 시작하였다. 하늘을 향한 손가락이 두세 번 까딱거렸다. 결국 하반신 마비의 장애인 류아영은 더 이상 버티지 못하고 그만 정신을 잃고 말았다.

15. 이유 없는 천형

하나가스 사장 김영준은 다시 담배 한 대를 꺼내 물었다. 그리고 하 형사에게 이야기를 계속 하였다.

"그러니까 내가 알고 있는 것은 최진호와 함께 구속될 당시까지 입니다. 함께 구속되어 5, 6일 만에 먼저 풀려났으니까요. 근데 그 사이 류아영 씨가 사망한 거군요."

"들어보니 그렇게 된 것 같군요. 하여튼 자세한 말씀 감사합니다. 김 형사, 어때? 부검을 해 봐야 알겠지만, 일단은 그 사이 혼자 아이를 낳다가 죽은 것이 정황상 맞는 것 같지?"

"그런 것 같습니다."

김 형사가 대답하였다. 영준이 이 소리를 듣고는 깜짝 놀라 되물었다.

"네? 혼자 아기를 낳다 죽었다구요? 맞아! 아기를 가졌다고 했었지, 참! 아~, 정말 그럴 수 있겠네요. 혼자서는 곤란했을 테니까요. 안타깝네요."

"좀 더 조사해 봐야 알겠지만, 그런 것 같습니다."

"진호가 구속만 되지 않았어도 산모와 아기 모두 살았을 텐데…, 사실 진호는 아무런 죄가 없습니다. 두고 보세요."

"그러나 담당 형사 입장에서는 어쩔 수가 없었을 겁니다. 도난 차량을 매매상 소개 없이 직접 구입했고, 게다가 판매자는 안 잡힌 상태에서 최진호 씨는 절도 전과 이력이…. 내가 그 사건을 맡았어도 구속시킬 수밖에 없었습니다. 나중에 진상이 밝혀지겠지만, 당시에는 별 수 없었을 겁니다."

이때 잠시 밖으로 나가 전화 통화를 하던 김 형사가 다시 들어와 하 형사에게 말했다.

"방금 서(署)에 확인해 봤더니 구속된 최진호는 곧 풀려난답니다. 진범이 잡혀서 모든 사실을 실토했답니다. 검찰에도 통보했구요."

형사들이 돌아가고 난 다음 날 진호는 석방되었다. 하지만 진호는 아내가 아기를 낳다가 고통스럽게 죽었다는 사실을 알고는 넋이 나가버렸다. 이틀 동안 아무 것도 먹지 않고 누워 있다가 아침 일찍 아영의 시신이 보관된 시체 보관소를 찾아갔다. 진호는 담당관의 안내에 따라 신원을 체크한 다음 냉동실을 열고 시신을 확인하였다. 천을 걷어내니 눈을 얇게 뜬 채 남편을 원망하듯 말없이 죽어 있었다. 얼굴은 약품으로 대충 닦아낸 것 같았고, 콧구멍과 귓구멍은 거즈 같은 것으로 막아 놓은 상태였다. 냉동된 얼굴의 피부는 부패되다 만 것처럼 검푸른 색에 가까웠으나, 마치 자신에게 하지 못했던 마지막 말을 하려는 듯 선명하도록 하얀 입술이 살며시 벌어져 있었다.

"아영아! 흑흑….'

진호는 조용히 아영을 부르며 마지막 인사를 나누었다. 그러면서 차디찬 머리칼을 곱게 쓰다듬어 뒤로 넘기어주었다. 심하게 뒤틀린 팔도 바로 잡아 주려고 만져 보았지만 부러질 듯 뻣뻣하게 굳어 있었다.

피로 물들었던 가슴의 옷깃 사이를 헤쳐 보니 시신 부검을 위해 갈라놓았던 칼 자욱이 그대로 남아 있었다. 벌어진 살을 내장이 흘러나오지 못하도록 얼기설기 꿰매어 놓은 것처럼 보였다. 탯줄이 그대로 달려 있는 아기는 아영의 배 위에 천으로 덮인 채 아무렇게

나 올려져 있었다. 게다가 더욱 놀라운 광경은, 아기의 한쪽 다리가 약간 기형아였다는 사실이었다. 진호는 기가 막히다 못해 차라리 눈을 감고 말았다. 잠시 쭈그린 채 앉았다가 다시 힘을 주어 일어섰다. 그리고는 떨리는 입술로 소리쳤다.

"하늘은 우리를 버린 거야! 이유 없이 천벌을 받은 거라구!"
"…."
"간질 환자나 장애인이 살 수 없는 이 세상, 산다는 자체가 죄인 것을…. 불쌍한 아가야, 너는 일찍 죽은 것이 행복이란다. 흑흑…."

주먹으로 냉동고를 치며 눈물을 쏟았지만 더 이상 말은 하지 않았다. 아무 상관도 없는 이 사람들에게 무슨 말을 하랴? 하고 생각하였기 때문이었다. 하지만 진호의 눈동자는 이미 초점을 잃어가고 있었다.

진호는 아영과 이름도 없는 태아에 대하여 장례도 치르지 않은 채 곧바로 성남시 화장장으로 시신을 옮기었다. 옛날 아영이가 있었던 평택의 부원장 할머니의 전화번호는 알고 있었지만 알리지 않았다. 더 이상 자신의 추한 꼴을 이 세상 어느 누구에게도 보이고 싶지 않았기 때문이었다.

순번에 따라 시신을 화로실로 옮기고 난 다음, 2층의 5번 조문객 대기실로 들어가 앉았다. 아영과의 지난날이 또다시 머릿속에서 머물며 떠나갈 줄을 몰랐다. 가스 배달을 가면 언제나 다정하게 커피를 타 주던 천사 같이 따사로운 모습, 구치소로 면회를 와서는 눈물을 흘리며 말을 잇지 못했던 이심전심의 고운 마음씨, 한강의 데이트에서는 장애 없는 사악한 요귀들보다도 천배나 만 배나 아름답고 여성스러웠던 여인, 선아와 지수까지도 함께 받아들이겠다던 고맙기 짝이 없던 사랑스런 자신의 아내였다.

"하지만 모두 헛된 꿈이었어."

점심때가 되었지만 식사를 하지 않았다. 밥을 먹고 싶은 생각도 없었지만, 꼬박 이틀을 굶고 나니 기운이 없어 식당을 가지조차 귀찮아졌기 때문이었다. 그렇게 한 시간을 더 기다리니 전광판에 '류아영'의 이름이 반짝거리면서 장내 스피커로 아영의 유골이 나왔다고 알려주었다. 이제 화장은 다 끝난 것이었다.

자리에서 일어나 유골 찾는 곳으로 터덜터덜 힘없이 걸어갔다. 화로의 출구가 열리니 몇 조각도 안 되는 유골 덩어리가 숯이 되어 들것 위에 올려져있었다. 진호는 그 안에서 마지막 처리를 해주는 한 남성에게 미리 준비했던 유골함을 들이밀었다.

"곱게 빻아서 여기 넣어주세요."
"분골로 해드려요?"
"네, 곱게 잘 빻아 주세요."

얼마 시간이 지나지 않아 아영과 태아의 분골을 담은 유골함이 다시 나왔다. 진호는 그 유골함을 받아들고는 집에는 들르지 않은 채, 아내가 생전에 말했던 뜻에 따라 동네의 어비저수지로 갔다.

산속에 둘러싸인 호수 위에는 간간이 불어대는 찬바람에 눈발이 흩날리고 있었다. 둑을 내려가 얼음 위를 걸어가면서 유골 가루를 조금씩 손으로 집어 그 위에 뿌리기 시작하였다. 얼굴에는 눈송이가 쉴 새 없이 내려앉으며 차갑게 달라붙었다. 그러나 달라붙자마자 흘러내리는 눈물에 녹아 함께 얼굴 아래로 뚝뚝 떨어져버렸다. 몇 십 미터를 걸어가니 얼음이 갈라지는 소리가 심하게 들려왔다. 그럼에도 걸음은 멈추지 않았다. 진호는 눈 내리는 하늘을 바라보며 나지막하게 중얼거렸다.

"사랑하는 아영아, 너무 외로워 말아. 아가야, 사람들 속에는 애초부터 우리들 자리가 없었던 거란다.

하지만 아영이는 이제 내가 옆에서 꼭 지켜줄게. 아영이가 가는 곳이라면 내가 가지 못할 이유가 없지. 거기에는 밤낮이 없으니 이슬도 없을 거고, 우리는 이제 더 이상 헤어지지 않을 거야. 값 떨어지는 아파트도 없고 도난당한 중고 자동차도 없을 테니까.

잘 가라, 아영아. 내가 여기 함께 따라가고 있잖니?"

날리던 눈발은 어느새 함박눈으로 변해가고 있었다. 한 발짝 한 발짝 걸음을 걸을 때마다 뽀드득 소리를 내며 뚜렷하게 발자

국을 내었지만, 퍼붓는 함박눈에 의해 지워지는 데는 그리 많은 시간이 필요하지 않았다. 진호는 방향을 잃은 것처럼 두 눈을 꼭 감은 채 오로지 깊은 호수의 중심을 향해 앞으로만 나아가고 있었다.

16. 죽음의 저수지

"오빠, 지금 몇 시야?"

아이들 방에서 선아가 오빠 지수한테 물었다.

"10시 5분."
"오늘 일요일이지. TV에 눈썰매장 나온댔어. 그거 보자."

선아가 급히 방문을 나가 거실의 바닥에 놓여 있는 TV 리모컨을 들었다. 그리고 앞에 있는 TV를 향해 화살표로 된 채널 버튼을 급히 눌렀다. 그러자 소파에 몸을 기댄 채 졸고 있던 새아빠가 갑자기 일어나 소리를 질러댔다.

"야! 이런 망할 년이 버르장머리 없이, 뭐야! 다시 안 돌려놔?"

깜짝 놀란 선아는 겁먹은 표정으로 새아빠의 얼굴을 쳐다보았다. 그러자 새아빠는 어쩔 줄을 모르는 선아를 자기 앞으로 가까이 불러 세웠다.

"이리 와 봐. 너 그런 거 누구한테 배웠어, 응? 어른이 TV를 보고 있는데 채널을 멋대로 막 돌려? 얼른 다시 돌리지 못해!"

그러면서 주먹을 쥔 손의 가운데 손가락 중간마디로 선아의 여린 이마를 한 대 꽉 쥐어박았다. 선아는 고통스러운 표정으로 얼굴을 찡그리면서 쓰러지듯 바닥에 주저앉아 울음을 터트리고 말았다. 이때 열린 방문 뒤에서 숨을 죽이며 이 광경을 바라보던 지수가 못 참겠다는 듯 씩씩거리며 달려나왔다.

"아저씨! 선아는 아직 어리잖아요."

흥분한 지수의 음성은 아홉 살 어린아이라고 보기 어려울 정도로 놀라우리만큼 당당해 보였다. 그러면서 새아빠를 두 눈으로 똑바로 쳐다보았다. 새아빠는 얼굴이 붉어지며 발끈하였다.

"뭐라? 아저씨라구? 흥, 그래. 난 네 아빠가 아니지. 그럼 잘됐

군. 니네 아빠한테 당장 꺼져, 개새끼야!"

그리고는 리모컨을 집어 지수 쪽으로 힘껏 던져버렸다. 지수의 팔을 스치고 날아간 리모컨은 주방 식탁에 부딪히며 산산조각이 난 채로 바닥에 떨어져 여기저기 흩어져버렸다. 이때 임신한 배를 움켜쥐고 안방에서 나온 아이들의 엄마가 이 광경을 보고는 한마디 거들었다.

"지수야. 너 아빠한테 그게 무슨 말버릇이야? 잘못했다고 해. 빨랑."

엄마의 말을 들은 지수는 다시 고개를 돌려 엄마를 노려보다가 눈물을 글썽거리며 방으로 휙! 들어가 버렸다. 앉아서 울고 있던 선아도 벌떡 일어나 뒤따라 들어갔다. 거실에서는 새아빠와 엄마가 서로 티격태격 말다툼을 하더니 곧 조용해졌다. 그러는 사이 아이들은 책상에 엎드려 눈물을 훔치다가 왼쪽 이마가 뻘겋게 부풀어 오른 선아가 먼저 말을 꺼냈다.

"오빠, 나 저 아저씨 너무 무서워."
"난 엄마도 미워. 이제 다 싫어."
"아빠가 보고 싶어."

제3부. 천형(天刑)

지수는 선아의 얼굴을 슬쩍 쳐다보았다. 두 번째 손가락을 세워 입술에 한 번 대고는 나지막하게 속삭이듯 입을 열었다.

"쉿! 나 오늘 아빠한테 갔다 올 거야."
"아빠 어디 사는지 알아? 나도 데려가. 응?"
"전에 가르쳐줬어. 4XX8번 버스를 타고 하나가스로 가면 된다고 했어. 만약 거기 아빠가 없으면 사장님한테 데려다달라고 하면 된다고 했어. 하지만 너는 안 돼. 날씨가 너무 추워."
"싫어. 나도 데려가. 나도 데려가."

선아는 다시 훌쩍거리기 시작하였다. 지수는 무슨 생각을 하는지 한참 천장을 바라보다가 선아에게 조용히 말했다.

"알았어. 그럼 이따가 옷 두둑이 입고 있어. 장갑도 끼고…."
"알았어, 오빠."

선아의 표정은 금세 밝아졌다. 점심식사를 마치고 나자 새아빠와 엄마는 물건을 사러 마트에 간다며 함께 밖으로 나갔다. 지수와 선아도 계획한 대로 옷을 챙겨 입고는 밖으로 달려나왔다. 전에 아빠가 가르쳐준 대로 버스를 타고 장서리 하나가스를 향해 달렸다.
어느새 버스는 남사를 지나 어비리 부근을 통과하고 있었다.

"오빠, 아빠 본 지가 너무 오래됐어. 너무 보고 싶어."
"아빠 집엔 새엄마가 있댔어."
"그럼 우리 미워하면 어떻게 해."
"걱정 마. 새엄마는 우리들이 보고 싶다면서 나중에 데려오라고 했대."
"정말?"

이때 차창 밖을 내다보며 말을 주고받던 지수의 눈앞에 커다란 저수지가 나타났다.

"아빠 동네에 저수지가 있다는데…. 바로 저긴가 봐."
"저거? 근데 저기 누가 혼자 걸어가. 눈 맞으면서. 저 사람 아빠처럼 생겼다."
"응? 저… 저기… 아빠 옷… 아빠? 맞아, 아빠다."

지수는 저수지 얼음 위를 걷고 있는 사람이 아빠라는 것을 직감적으로 알아차렸다.

"아, 아저씨. 우리 잠깐 내려주세요. 잠깐요."

운전기사 아저씨는 백미러를 통해 아이들을 흘낏 바라보고는 천천히 길가에 차를 세워주었다. 문이 열리자 버스에서 내린 아이들은 찻길을 건너가 아래쪽 저수지를 내려다보았다. 지수가 아빠를 향해 소리쳤다.

"아빠~, 아빠~"

이어 선아도 함께 소리쳤다. 그러나 얼이 빠져 있던 아빠는 이 소리를 듣지 못하였다. 아이들은 다시 언덕 아래로 조심조심 내려갔다. 지수가 먼저 얼음판을 디디며 뛰어가듯 빠른 걸음으로 걸어갔다. 그리고 다시 소리쳐 아빠를 불렀다.

"아빠~"

그러자 낯익은 목소리에 깜짝 놀란 진호는 감았던 두 눈을 번쩍 떴다. 그리고 고개를 돌려 소리 나는 쪽을 바라보았다. 자신을 부르고 있는 지수와 그 뒤를 따르는 선아를 발견한 것이었다. 진호는 황급히 돌아서며 팔을 뻗어 손을 가로 저었다.

"안 돼! 오면 안 돼!"
"아빠~"
"돌아가! 위험해! 여기, 아, 안… 돼!"

하지만 이를 굵은 진호의 목소리는 멀리서 알아들을 수 있을

만큼 소리가 크지 않았고 발음도 또렷하지 않았다. 눈 쌓인 빙판을 디디며 지수 쪽으로 급히 달려가려 했지만 지치고 얼어버린 두 다리로는 뛰어갈 형편이 못되었다. 빙판이 갈라지는 소리는 더욱 커져만 갔다. 아이들은 계속해서 목청이 터져라 아빠를 부르는 바람에 오지 말라는 아빠의 소리를 여전히 듣지 못하였다. 오직 아빠를 향해 부지런히 달려오고 있을 뿐이었다. 선아도 서툰 걸음으로 한 발 한 발 얼음 위를 밟기 시작하였다. 아빠와 지수의 거리는 점점 가까워져 불과 10여 미터밖에 남지 않았다. 바로 이때였다.

진호는 갑자기 입이 굳어지면서 더 이상 소리를 지를 수가 없었다. 목구멍과 입술이 말을 듣지 않았다. 긴장이 고조되면서 정신이 혼미해지고 손도 떨리기 시작하였다. 전조 증상이 극에 달하여 곧 경련이 일어날 때가 되었던 것이다. 기적이 일어난 것처럼 다른 때와 달리 닥쳐올 경련을 바로 직전에 스스로 느낀 것이었다. 진호는 비틀거리는 몸을 억지로 세우면서 정신을 차리려고 무진 애를 썼다. 그러는 동안 진호와 지수의 거리는 불과 3미터도 남지 않았다.

"아빠!"

하지만 기적은 더 이상 지속되지 않았다. 지수가 달려들어 아빠를 끌어안으려는 찰나, 진호는 정신을 잃음과 동시에 강력한 떨림이 발동하기 시작하였다. 요동치듯 흔들리는 몸은 지수를 덮치며 앞으로 쓰러지고 말았다. 두 부자는 한 몸이 되어 얼음 위로 쿵! 하고 넘어졌다. 충격을 받은 얼음판이 쩍 하고 갈라지며 틈이 벌어졌다. 갈라진 틈새로 차가운 호수의 물이 얼음판 위로 솟구쳐 올라왔다. 부들부들 떨고 있는 아빠 옆에서 지수는 미끄러운 빙판을 디디며 일어나려고 애를 섰다. 하지만 두 사람의 체중을 더 이상 견디지 못한 주위의 얼음판이 일순간에 조각을 내면서 물속으로 철퍼덕 빠져들고 말았다. 진호의 경련은 조금도 약화되지 않고 더욱 거세게 몸부림쳐갔다. 오빠의 뒤를 따라 다가오면서 이를 바라보던 선아가 찢어지는 비명으로 아빠를 불러댔지만 듣는 사람은 아무도 없었다.

지수는 허우적거리면서도 있는 힘을 다해 아빠를 붙들어 껴안았다. 숨을 멈추고는 물을 먹지 않으려고 가슴이 터지는 고통을 참고 견디면서 발버둥을 쳐대었다. 그럴수록 의식을 잃은 아빠와 함께 깊은 물속으로 점점 더 깊이깊이 가라앉고 있었다. 진호의 경련은 강력한 힘으로 유골함을 껴안은 채 지속되었고 지독하도록 차가운 물이 코와 입을 통하여 식도와 기도로 들어가 거칠게 숨통을 막아 버렸다.

물방울이 깨어진 얼음 사이로 방울방울 올라왔다. 이제 더 이상 인내의 한계를 견뎌내지 못한 지수마저도 사정없이 찬물을 꿀꺽꿀꺽 들이키기 시작하였다. 식도와 기관지를 통해서 물이 빨려 들어가고 맹꽁이처럼 부풀어 오른 배는 산처럼 커져만 갔다. 마지막 몸부림을 치다가 폐 속마저 물이 꽉꽉 들어차자 사르르 의식을 잃고 말았다. 격렬하게 움직이던 지수의 팔과 다리에 힘이 빠지며 서서히 풀어지기 시작하였다. 물방울은 더 이상 떠오르지 않았다.

함박눈은 조금도 그치지 않고 계속 퍼부었다. 선아는 이 엄청난 광경을 지켜보면서도 깨어진 얼음이 출렁거릴 때마다 겁에 질리며 어찌할 바를 몰랐다. 더 이상 오도 가도 못한 채 소리쳐 울음을 터트리는 것 외에는 아무 것도 할 수가 없었다. 몸을 움직일 때마다 얼음판 갈라지는 소리가 꼼짝 못하도록 발걸음을 묶어 놓았고 저무는 날은 무섭도록 어두워만 갔다. 통곡하는 울음소리가 얼음판 위에 날리듯 더욱 애처롭게 울려 퍼져나가면서 메아리가 된 산울림만이 구성지게 되돌아오고 있을 뿐이었다.

이제 기온마저 더욱 급하게 떨어져가고 있었다. 울부짖는 선아의 입술은 떨리다 못해 이빨이 부딪치는 소리가 얼음판을 깨트릴 정도로 시끄러웠다.

내려 쌓이는 눈은 서 있는 두 다리의 발목을 덮은 지 이미 오래였고 무릎까지도 촌각을 다투며 위협하고 있었다. 목소리마저 가늘어지면서 두 눈의 시야까지 점점 흐려져 가고 있었다. 힘없는 눈까풀이 차근차근 아래로 흘러내렸다. 어렵게 버티던 두 다리의 가냘픈 힘마저도 한계점에 다다르고 있었다.

찬바람이 한차례 휘몰아치며 작은 몸을 휘감았다. 바람과 함께 중심을 잃으면서 오돌 오돌 떨고 있던 작은 몸은 차디찬 눈 위에 무너지듯 쓰러지고 말았다. 그리고는 더 이상 일어나지 못했다. 꺼질듯 가냘픈 신음소리의 시간 간격도 점점 벌어져 갔고 흐르던 눈물은 얼음으로 변하여 두 뺨에 달라붙은 지 오래였다. 하얀 눈이 몸 위를 모두 덮어 외부에서 형체를 알아볼 수 없을 정도가 되었을 무렵 신음소리는 더 이상 들리지 않았다. 먼 산에서 이름 모를 산새 한 마리가 애간장을 태우며 구슬피 울어대고 있을 뿐이었다.

17. 발견된 시신

선아의 시체가 저수지 제방 둑 부근의 물 위로 떠올라 마을 사람들에 의해 건져진 것은, 실종된 지 한 달쯤 지나 저수지의 눈과 얼음이 녹은 다음이었다. 중증장애 아내와 아기의 유골함을 끌어안은 채 죽은 진호와 그의 아들 지수의 시신은 그보다 한참 지난 뒤에야 발견되었다.

시신을 수습하는 현장에는 평택의 KR 사회복지원에서 선아와 오랫동안 함께 지냈던 동료들 몇 명이 뉴스를 듣고 찾아와 함께 지켜보고 있었다.

"이번 겨울은 유난히 추웠어. 눈은 왜 그리 많이 내렸는지…."

"다 하늘이 하는 일 아니것어? 법 없이두 살 사람들이었는디 안타깝구먼….”

　마을 사람들은 안타깝다는 듯이 혀를 찼다. 이때 눈물을 흘리며 바라보던 진영이가 옷소매로 눈물을 닦으며 나지막이, 그러나 단호하고도 또렷하게 중얼거렸다.

　“언니는 끝내 저 세상으로 떠났지만 우리들도 똑같이 사랑할 수 있다는 사실을 보여주고 떠났어요. 절대 실패한 거 아니에요. 언니를 얼마나 사랑했으면 죽어서도 유골함을 끌어안고 있었겠어요.
　우리는 동정을 원하지 않아요. 세상에 완벽한 사람이 어디 있나요? 더 이상 눈물도 흘리지도 않을 거예요. 기회가 온다면 사랑하다 또다시 죽는다 해도 기꺼이 나는 그 길을 택할 거예요.
　하늘이 우리에게 장애를 주었고 나를 죽일 수는 있어도, 우리들 사랑의 의지는 결코 꺾을 수 없어요. 이 뜨거운 가슴….”

끝.

눈물 없이는 볼 수 없는 이야기!

부록

'장애인 인권 헌장'

하나 - 장애인은 장애를 이유로 △ 정치 △ 경제 △ 사회 교육 △ 문화생활의 모든 영역에서 차별을 받지 아니한다.

둘 - 장애인은 인간다운 삶을 영위할 수 있도록 소득 주거 의료 및 사회 복지 서비스 등을 보장받을 권리를 가진다.

셋 - 장애인은 다른 모든 사람과 동등한 시민권과 정치적 권리를 가진다.

넷 - 장애인은 자유로운 이동과 시설 이용이 필요한 편의를 제공받아야 하며 의사 표현과 정보 이용이 필요한 통신 소화 통역 자막 점자 및 음성도서 등 모든 서비스를 제공받을 권리를 가진다.

다섯 - 장애인은 자신의 능력을 개발하기 위하여 장애 유형과 정도에 따라 필요한 교육을 받을 권리를 가진다.

여섯 - 장애인은 능력에 따라 직업을 선택하고 그에 따른 정당한 보수를 받을 권리를 가지며 직업을 갖기 어려운 장애인은 국가의 특별한 지원을 받아 일하고 인간다운 생활을 보장 받을 권리를 가진다.

일곱 – 장애인은 문화 예술 체육 및 여가 활동에 참여할 권리를 가진다.

여덟 – 장애인은 가족과 함께 생활할 권리를 가진다. 장애인이 전문 시설에서 생활하는 것이 필요한 경우에도 환경이나 생활 조건은 같은 나이 사람의 생활과 가능한 한 같아야 한다.

아홉 – 장애인은 사회로부터 분리 학대 및 멸시받지 않을 권리를 가지며 누구든지 장애인을 이용하여 부당한 이익을 취하여서는 안 된다.

열 – 장애인은 자신의 인격과 재산의 보호를 위하여 필요한 법률상의 도움을 받을 권리를 가진다.

열하나 – 여성 장애인은 임신 출산 육아 및 가사 등이 있어서 생활에 필요한 보호와 지원을 받을 권리를 가진다.

열둘 – 혼자 힘으로 의사 결정을 하기 힘든 장애인과 그 가족은 인간다운 삶을 영위하기 위하여 필요한 지원을 받을 권리를 가진다.

열셋 – 장애인의 특수한 욕구는 국가 정책의 계획 단계에서부터 우선 고려되어야 하며 장애인과 가족은 복지 증진을 위한 정책 결정에 민주적 절차에 따라 참여할 권리를 가진다.

독자들의 독후감 모음

1. 팬(장애 4급)
읽고 울어서 얼굴이 부었습니다. 3번을 읽었어요. 아영이는 안타깝게 죽었지만 행복한 거지요. 사람으로 누릴 것 원 없이 누렸고 더 살아가면 남자가 맘 변할 수 있으니까….

2. 모르는 분
어제 주신 책 다 읽고 진○씨가 흘린 눈물 공감했어요. 너무 슬픈 운명들이 가여워서 마지막엔 눈물이 멈추질 않더라고요. 크리스마스이브인데 가족들과 즐겁고 행복한 시간 보내세요.

3. mk목사님
아영이 소설, 너무나 감격스럽고 감동적이었다. 너무 금방 읽어 단편이 아닌지 착각했다.

4. R
너무 슬퍼 가슴이 먹먹합니다. 책을 펼치고 화장실도 한 번 가 보지 못하고 그 자리서 다 읽었습니다. 그동안 고여 있던 눈물샘 폭발했습니다.

5. xxx 소장

사건에 대한 궁금증과 지체장애인과의 Love Story가 어떻게 전개될지 궁금증을 갖게 해 지루함 없이 재미있게 읽었지만 지체장애인과의 절절한 사랑 이야기는 슬프고 가슴을 뭉클하게 한다.

6. ktb 회장님

회장님 너무 재밌어요. 처음에 몰입감 있고 계속 궁금했어요. 끝이 너무 비극적이어서 슬퍼요.

7. kt 목사님

와~ 너무 재미있고 감동적이라 순식간에 보내주신 소설 다 읽었습니다.

8. Baek

추리 기법으로 사건25시 수사기록물 보는 느낌이었어요. 마지막 반전이 절묘했는데, 너무 끔찍해서 소름이 ㅜㅜ

9. js

제가 독서량이 많지 않아서… 그 소설만 읽어 봤는데요, 시간 가는 줄도 모르고 쉬지 않고 한 번에 너무 재미있게 읽었어요!!

10. ey

가독성이 좋았고 재미있어서 금방 읽었습니다. 가끔 읽는 소설들 재미없는데 이건 너무 재미있어요.